触れて、感じて、恋になる
Touch it, feel it, fall in love

触《ふ》れて、感《かん》じて、恋《こい》になる

宗《そう》川《かわ》倫《りん》子《こ》
ILLUSTRATION：小《お》椋《ぐら》ムク

触れて、感じて、恋になる

LYNX ROMANCE

CONTENTS

触れて、感じて、恋になる

今日は雨が降りそうだ。

二ノ瀬唯史《にのせただし》は自室の窓から右手を突き出し、しばらく経《た》っても雨粒が腕にかからないことを確認して、鼻から息を吸いこんだ。まぶたに温かな朝の陽光を感じないから、今のところくもり。けれど海を感じる湿った匂いから、このあときっと降り出すに違いない。

リビングに戻り、テレビをつける。感情を排除したアナウンサーの声が、『午後になると降り出すでしょう』と告げた。

『折りたたみの傘をお忘れなく』

機械的な声の心づかいにうなずくと、二ノ瀬はポケットからメモ代わりのボイスレコーダーを取り出した。

「昼から雨、折りたたみ傘」と吹きこみ、自分で用意した朝食が並ぶテーブルにつく。定位置にある調味料が置かれたトレイから、容器の出っ張り具合でしょう油を確認し、目玉焼きにワンプッシュ、ちょうど三滴垂らした。

「いただきます」

椀《わん》の位置を確認して手に取り、黒きくらげと豆腐のみそ汁をすすった。いつもの安定した朝の味にほっとする。先ほど焼いた目玉焼きは、思っていたより黄身がかためだった。食べてみるまで焼き加減がわからないことは、ストレスにはならない。

こういった意外性を含んだ日常の小さなわくわくが、毎日似通った日々を送る二ノ瀬にとって、大切な刺激になっている。

二ノ瀬は目が見えない。

視力を失って、もう十年以上が経つ。目に多少の光は感じるから暗い・明るいの違いは判別できるが、人やものの姿かたちはわからず、色はあざやかな暖色・寒色の違いくらいしかわからない。

人が視覚から得る情報は五感全体の八割以上だという。けれどその八割を失ったとしても、他の感覚が視覚を補うように発達して、ゆるやかに体と意識を変えていくらしい。今の二ノ瀬は見えていなくても鍼灸院《しんきゅういん》をひとりで経営し、静かでおだやかな日々を送れていた。

二ノ瀬の自宅は一階に鍼灸院、その上の二階が住居になっている。

一階の店舗には、カーテンで仕切られた施術用のベッドが二台、待合のソファ、問診用の机と簡易キッチンがある。

二階のひとり暮らしの部屋はリビングが広く、二ノ瀬仕様の安全で快適な空間になっている。目が見えなくてひとり暮らしなどできるのかと思われがちだが、たとえば階段の段数を記憶しておくことや、家具の配置、ものを仕舞う場所を変えないでいることなどを守っていれば、生活することに不自由はない。

休日の今日は午前中に出かける予定があるため、二ノ瀬は朝食を済ますと外出の支度をした。

月に一度の日曜は、近くに住む幼なじみの田所一平《たどころいっぺい》とその妻愛子《あいこ》と三人で、近所の商店街にある喫茶マアブルに集まり、お茶会をしている。

玄関で髪と衣服に触れて身だしなみをチェックし、先ほど自分の声を吹きこんだボイスレコーダーを再生して折りたたみ傘をリュックに詰めた。スニーカーを履いて、玄関脇に吊《つ》るしかけてある白杖《はくじょう》を手に取り、家を出る。

今日は自宅の裏手にある小学校で、運動会がひらかれているらしい。歩いていると競技用のピストルの音が響いて軽やかな音楽が流れ出した。グラウンドを駆ける子供たちを想像しながら、秋晴れとはいかなかったけれどこのまま天気がもてばいいな、とぼんやり思う。

二ノ瀬の住むこの街には、ゆるやかな坂が多い。といってもそれは、晴眼者《せいがんしゃ》にはほとんど気づかれない程度の勾配で、自転車の運転だって苦にならないだろう。けれど視覚障害者にとっては、微《かす》かな傾斜でも街のどこを歩いているかを把握するのに大変役立つ。

足裏の感覚を頼りに、白杖はほとんど使用せずに通い慣れた道をゆっくりと歩いていく。

「よお、二ノ瀬先生。今日も別嬪《べっぴん》だね」

乾物屋の主人の声がして足を止め、二ノ瀬はこぼれた笑顔を声が聞こえてきたほうへ向けて頭を下げた。

「ヒラさん、おはようございます」

二ノ瀬鍼灸院は、最寄《もよ》り駅から続く道幅の広い商店街の末端の角に位置する。この商店街の中には、昔ながらの個人商店が多くあった。

駅の向こうには繁盛しているスーパーマーケットもあるけれど、二ノ瀬は近所づきあいを兼ねて、日常のほとんどの買い物を商店街の個人商店で済ませていた。それにスーパーはものが多過ぎてなにがどこにあるかわからないことと、レジが混雑している時も多いため、流れるような対応を求められると、周りに迷惑をかけてはいけないと気が焦ってしまうので少々苦手なのだ。

乾物屋の主人は、二ノ瀬が大学を卒業してこの街に移り住んだ八年前から、ずっと同じ声のかけ方をしてくる。ここにやって来た二十二歳のころは、商店で買い物をするたびにいろいろな店主にちやほやされたが、三十歳になった今もこうやって容姿について触れてくれるのは乾物屋の主人だけだ。

「お出かけかい？」

「ええ、マアブルまで」

「昼から雨だってよ。遅くならないようにな」

「はい。帰りに降るといけないので、先に煮干しと乾燥わかめをいただいてもいいですか？」

「そうかい？　毎度ありがとよ」

雨になると傘と白杖を持っての買い物が難しいので、乾物屋で重くない食材を先に買ってリュックに詰めていくことにした。小銭が六種類にわけて収納できるコインケースからちょうどの金額を支払い、二ノ瀬は乾物屋の主人に別れを告げて喫茶マアブルへと向かった。

美しい金属音を奏でるドアベルのついた扉をひらくと、コーヒーのいい香りとエキゾチックな音楽が聞こえてくる。

「あら先生、いらっしゃい」

「おはようございます、千景《ちかげ》さん。一平たち、もう来てますか」

「うん、つい先ほど。いつもの席よ」

喫茶マアブルの千景ママのことを、二ノ瀬ははじめ、声の張りや話し方から二十代か三十代前半くらいだと思っていたので、鍼灸院での問診で彼女の本当の年齢を知った時は驚いた。そのことを一平や愛子に話すと、「千景ママは妖精だから」というよくわからない答えが返ってきた。

「二ノ瀬くん、こっちこっち」

愛子のはしゃいだ声のほうへ笑顔を返して、二ノ瀬は奥のテーブル席へ向かった。

「お待たせしてすみません」

「待ってないわよ。約束の時間ちょうどじゃない」

「でも唯史にしてはめずらしいね。時間通りに来るのって。いつもはおれたちより早く着いてるから」

目が見えなくなって久しいが、二ノ瀬は一平の声を聞くといつも、仏様のような和やかな笑みを浮かべて話す、高校時代の彼の顔を思い浮かべる。

「帰りが雨になったら厄介だと思って、乾物屋で切らしてる食材を買ってたんだ」

二ノ瀬はこの街で、幼なじみである一平以外の人間には、基本的に敬語を使っている。

一平の他にも家族や学生時代の友達にはくだけた言葉で話すが、就職後に出会った人に対しては年上年下関係なく敬語で話すことを貫いていた。

その理由は、ここ数年、二ノ瀬が出会う人のほとんどが患者であるからで、そうでない場合というのは、自分が客の立場で出会う店主くらいのものだからだ。

いわゆる出会いがない、という状態に陥っているのだが、それは二ノ瀬にとってはなんの問題もないことだった。

「鍼灸院のほうは最近どう？　相変わらず繁盛してる？」

はきはきと明るい声で話す愛子の顔を二ノ瀬は見たことがないが、彼女に一目惚《ぼ》れした一平曰く、リス顔の美人さんらしい。

ちなみに愛子との出会いは、一平より二ノ瀬のほうが早かった。愛子は二ノ瀬の鍼灸院に通っていた患者で、何度目かの来院時に、たまたまやって来た一平と鉢合わせて二人は恋に落ちた。

二ノ瀬は自身の恋愛はすっかりあきらめているけれど、自分以外の誰かが恋をして幸せになることは嬉《うれ》しかった。高校時代に目が見えなくなってからもずっと態度を変えず、困った時にはいつも力を貸してくれた一平の、愛子と出会うきっかけを自分が作れたことが誇らしかったし、二人が結婚した時は身内である姉の結婚を知った時より舞い上がって、心の底から祝福した。

「特に変わりはないですよ」

愛子の問いに答えると、「じゃあ繁盛してるってことね」とタイミングよくドリンクを運んできた千景ママが即座に返してきて、どっと笑いが起こった。

二ノ瀬には、予約が取れないような鍼灸院を目指すつもりはなかった。飛び入りで来た患者に鍼《はり》を打つ余裕があるくらいでちょうどいい。この先も細く長く地域に密着し、自分ひとりが食べていける売り上げがあれば十分だ。

「あの、今日はみなさんにひとつご報告があるんです」

二ノ瀬が改まって言うと、愛子が「なになに」と期待に満ちた声を上げた。

「昨日、姉に三人目の子が産まれました。はじめての男の子だそうです」

「なぁーんだ、その話か」

「なーんだって、愛子がなんでがっかりしてるんだよ。おめでたいことなのに」

一平から指摘された愛子が、「だって知ってたんだもん」とすこし幼げな口調になる。

「昨日、私のところにも奈緒《なお》さんからメッセージ届いたの」

「ええっ、おれには届いてないのに」

「当たり前でしょ。一平くんより私のほうが奈緒さんと仲がいいもの」

二ノ瀬の四つ上の姉、奈緒は、一平にとっては昔から知っているなじみ深い存在だ。けれど三年前の正月に一平が妻となった愛子を連れてはじめて実家に帰省した時、二ノ瀬家でひらかれた新年会で愛子と奈緒は意気投合し、今では頻繁に連絡を取り合う間柄になっているのは妻のほうらしい。

「二ノ瀬くんが改まって報告だなんて言うから、恋人でもできたのかと思ったじゃない」

「そ……これは、ありません」

「いい加減、二ノ瀬くんも誰かと付き合って結婚すればいいのにね」

「………」

そういえば数日前に、愛子の女友達を患者として紹介されたのだった。施術後すこし話をして、愛子の友人は気に入ってくれたようだが、二ノ瀬の心は動かなかった。

中性的な見た目と人当たりのやわらかさで、二ノ瀬は患者の女性からアプローチされることが時々ある。視覚障害者を付き合う対象に選ぼうとする女性は、世話好きのいい人なのかもしれないが、そのような献身はいつまで続くかわからない。

そもそも二ノ瀬は、誰かと恋愛をする気がない。

「わたしはひとりが気楽なんです」

小さく返した二ノ瀬に、愛子は盛大なため息を吐いた。

「もったいないなぁ。自立して安定してる、物理的にも見ため的にも癒し系のイケメンがひとりきりでいるなんて、ね？」

同意を求められているらしい一平が、「うん」とも「ううん」とも取れる曖昧《あいまい》な返事をしつつ、「まあ唯史にも事情があるんだよ」とさりげなくフォローして、その後、話題を変えてくれた。

マアブルに残って千景ママともうすこしおしゃべりをしていくという愛子を残し、一平と二人で外に出た。帰る方向は逆になるが、一平は二ノ瀬の自宅まで送ってくれるという。

昼を過ぎ、小雨が降り出していた。運動会は中止になってしまっただろうか。

「雨なのにごめんね。あと、さっきは助けてくれてありがとう」

速度を合わせて隣を歩いてくれている一平に礼を言うと、「唯史」と真面目《まじめ》な声音で呼ばれて立ち止まる。

「あのこと、まだ忘れられない？」

「…………」

あのこと、と言われて、それがなにを指しているかはすぐに理解できた。けれど、どう答えていいかわからず黙りこんでしまう。

一平は二ノ瀬の緊張した気配に気づいたのだろう。励ますように肩を優しく叩《たた》くと、先ほど問いかけたことなどなかったようにふたたび歩き出した。

小・中・高と同じ学校に通い、上京のタイミングまで合わせてずっと一緒に過ごしている一平は、二ノ瀬が過去に負った心の傷を知っているため、積極的に恋愛や結婚を勧めてこない。あれから十年以上が経過しているのだから、いい加減忘れてしまえばいいと本心では思っているのかもしれないが、二ノ瀬がかたくなに孤独を貫いているのを知っているからか、そっとしておいてくれている。

折りたたみ傘をはじく雨が、柄を持つ二ノ瀬の右手に連続で小さな振動を与えている。傘を差すのはひさびさだった。

雨の日は危ないので普段はほとんど外に出ないが、一平が一緒にいてくれる時はこうやって多少の無理ができた。一平や近所の人たちが親切にしてくれることで、二ノ瀬は視覚障害がありながらもひとりで生きていくことができる。

二ノ瀬は幸せだった。この小さな世界の中で人と触れ合いながら、これからものんびり生きていけたら他になにも望むことはない。

「あ、ところでさ」

二ノ瀬鍼灸院が近づいてきたあたりで、一平が思い出したように言った。

「今度またひとり、紹介したい人がいるんだけど、診てもらえる？」

「うん、いいよ。愛子さんのお友達？」

一平夫妻からは、時々新規の患者の紹介があった。そのほとんどが、交友関係の広い愛子の女友達だった。

肌寒くなってくる秋口は、冷え性や不定愁訴《ふていしゅうそ》など婦人科系の悩みを抱える女性が多い。一平がまたと言ったので、今回もてっきりそうかと思ったのだけれど。

「ううん、おれの会社の後輩。男だよ」

「一平の、後輩の男性？　めずらしいね」

というか、はじめてのことだった。

「会社の人には、幼なじみが鍼灸院やってる話ってしてないからね。でもその後輩が最近、すごく疲れてるみたいでさ。普段からがんばり屋のいいやつだし、一度連れてこようかなと思って」

「一平も一緒に来る？」

「うん、明後日の会社帰りに寄ろうかと思ってるけど、どう？」

「もちろんいいよ。待ってる」

その後輩についてすこし聞いてみると、一平の勤務する文具メーカーで社外広報をしている、二ノ瀬と一平よりひとつ下の二十九歳の男だという。仕事のやり方がスマートで、性別年齢問わず慕われているらしい。

「夏にあった会社のバーベキュー大会で愛子がその後輩に会ったんだけど、彼女曰く、唯史とは違ったタイプのイケメンらしいよ」

「ふーん」

見た目の情報に関しては、見えないため特に思うところもなく、一平の後輩はがんばり屋で人の好い人気者、と二ノ瀬の頭に記憶された。


喫茶マアブルでのお茶会の二日後、午後から二人の常連の患者を診て、すこし時間が空いた夕方に固定電話のベルが鳴った。出ると相手は一平だった。

『あ、唯史？　ごめん、今患者さんいる？』

「いないよ。どうしたの？」

今日は一平が後輩を連れてくる日で、このあと会う予定なのにわざわざ電話をかけてくるということは、なにかあったのだろうと推測する。

『実は仕事でトラブルが起こってさ』

(ああ、やっぱり……)

今日はこのあともうひとり来院の予約が入っていて、一平たちは仕事の都合もあり、診療時間外に来てもらうことになっていたので、キャンセルや日時の変更があっても大丈夫だと言おうとした。

『おれは行けなくなったんだけど、あいつは部署が違うから問題なく行けるんだ。事前にちゃんと鍼灸院の場所は教えてあるから、時間通りに着くと思う』

「……あ、うん。じゃあ待ってる」

『よろしく』

トラブルは相当厄介らしく、一平にはめずらしいことにさよならの挨拶《あいさつ》もなく電話は切れてしまった。来院する後輩の名前ぐらいは聞いておくべきだったと、今さら気づいても遅い。ひとり取り残された気分で、二ノ瀬は受話器を置いた。

(一平、来ないのか)

その後輩がひとりで来ることに特に問題はないのだが、やはり新規の患者を迎える時は多少緊張する。気心の知れた幼なじみがいてくれたほうが安心だったな、とぼんやり思うが、客商売でそんなことを言ってもいられないので、二ノ瀬は頰《ほお》を軽く叩いて気持ちを入れ替えた。

前に一平から、後輩は社外広報をしている人の好い男だと聞いている。まるきり知らない新規の患者を受け入れる時より、事前情報があるだけ緊張はすくない。おだやかな一平の後輩だし、対外的な仕事をしていることからなんとなく人当たりは良さそうだ。


「先生、いつもありがとうね」

「いえいえ。お大事に」

最後の患者を見送って一段落つくと、二ノ瀬はふう、と息を吐いた。

このあと一平の後輩がやって来る。最後の治療が長引いたため、もう約束の時刻まで間もない。

扉にクローズの札をかけ、外に出る。

もうすっかり暗くなり、商店街のほうから等間隔に並ぶ外灯の暖かな光が、漆黒の視界にぼんやりと連なって見えた。夜道で男が道に迷うといけないので、扉の横に立ててある電飾看板の灯りは消さずに院内へ戻った。

ベッドを整え、受け入れの準備を整える。音声時計で時刻を確認すると、午後七時五十九分。約束の一分前だった。

扉がひらくと同時に鳴るチャイムの音に、二ノ瀬は入り口を振り返った。秋の夜の涼しく乾いた風が、ひゅるりと暖かい店内に入りこんでくる。

一平の後輩だろうか。

「あー……、どうも」

低くかすれた素っ気ない声音の挨拶が、事前の人当たりが良さそうだと思いこんでいたイメージと重ならず、すこしばかり戸惑った。

（もしかして、機嫌が悪い……？）

そもそも一平の後輩ではなく、クローズの札に気づかず、灯りに吸い寄せられて入ってきた飛び入りの可能性もあると頭の片隅で考えながら、どちらにしても相手は患者だと、二ノ瀬は動揺を微塵も表情に出さず、丁寧に頭を下げた。

「こんばんは」

微笑《ほほえ》みつつ顔を上げると、「目が合ってるよね？」と唐突に聞かれた。

「田所さんに聞いたんだけど、あなた目が見えないってホントなの？」

やはり彼は飛び入りの患者などではなく、一平の後輩であるようだ。どうやら事前に一平から、二ノ瀬の目が見えていないという情報は伝わっているらしい。

「ええ、見えていませんよ」

「でも今、俺のほう見てしゃべってるよね。目が合ってる」

「声のするほうに視線を向けていますので」

声が聞こえてくる高さから相手の身長を脳内で測って、目のある位置に目星をつけて視線を向けている。扉の前に立っているであろう男は、自分より頭半分ほど背が高いと思われた。現に男は目が合っていると言うのだから、二ノ瀬の脳内計算は正しいことになる。

「あ、そっか」

ドサッとやわらかいものになにかが沈んだ音がする。たぶん男がソファに鞄《かばん》を置いたのだろう。

「はじめまして、ヒネノヤと申します」

「……っ」

それまでくだけた口調だった男に突然、近くから敬語で話しかけられたことにどきりとしつつ、胸の前あたりで小さな空気の揺れを感じて手を伸ばす。

指先が厚みのある紙に触れた。どうやら名刺を差し出されたらしい。

「ヒネノヤ、さん……？」

「あ、あなた見えないんだった。名刺、意味ないね。日光の日、根っこの根、野原の野、谷底の谷で、日根野谷《ひねのや》。下の名前は漢字一文字で、ヨウ。光に曜日の曜の右側がくっついてるやつ」

「日、根、野、谷……、耀《よう》さん」

「ねえ、名刺に点字ついてるとさ、そっちはありがたかったりする？」

（この人、初対面なのになんでも聞いてくるな。行動も会話のテンポも速いし……）

二ノ瀬の胸の中に、すこし苦手な相手かもしれないという思いがよぎる。

「わたしは……、そうですね。でも視覚障害者が全員点字を読めるわけではないので、どうでしょう。ありがたい人はありがたいと思いますし、ありがたくない人もいるかと思います」

わずかに苦手意識を持ったせいで、少々嫌な言い方をしてしまった。

そんな自分の発言のフォローをするように、「紙の手触りがいいですね」ともらった名刺のなんてことないところをほめて、こちらも胸ポケットから取り出した名刺を日根野谷に差し出した。

「日根野谷さん、はじめまして。わたしは二ノ瀬と申します」

「二ノ瀬さん、ってさ、この自分の名刺見たことないんだよね」

「ええ、まあ」

目が見えないのだから当然だ。

「印刷屋さんにお任せして作ってもらっています」

「ふーん、これさ、デザインめっちゃダサいよ。作り直せば？」

どうやら一平はすこしばかり無礼な男を寄こしたようだ。二ノ瀬の無理やり上げた口角が、ピキ、と小さく震えた。

その後話を聞いてみると、日根野谷は一平に紹介されてここにやって来る一週間前に、別の鍼灸院を訪れてきつい鍼を打たれたようだ。施術前の問診の際に、鍼のあとにできた赤黒い痣《あざ》が今も肩に残っていると文句を垂れた。

「すげー痛い思いしたのに、疲れがまったく取れてないの。金返せって感じ」

「痛過ぎる鍼はよろしくないですね」

「田所さんがここに来たら絶対良くなるって言ってたけど、そういうことで俺、基本的に東洋医学とか鍼灸とかそういう怪しげなもん、まったく信じてないから」

きっぱり言われてしまい、二ノ瀬は声を出さず、唇だけで微かに笑った。日根野谷が息を吸い、たたみかけてなにか言おうとした気配を感じ、すこし黙って、と人差し指を唇に当て、向かいに座るその手首を取る。

事前に、自分は目で見て診断する望診《ぼうしん》ができないため、症状を聞いて体に触れることがあると伝えていたからか、日根野谷は唐突な接触にも特別驚かなかった。

触れた手首はずいぶん冷たい。脈は遅く、指をぐっと押し当てたその奥で弦をはじくように微弱に打っている。気がうまくめぐらず滞り、寒が過ぎているようだ。

「お疲れの場所はどこですか」

「首から背中にかけてガチガチに凝ってる。仕事が立て込んでも、ここまでひどくなることは今までなかったんだけどな」

前回刺された鍼のあとは触れても痛くないかと確認したあと、二ノ瀬は立ち上がって日根野谷の背後から両肩に手を乗せた。肩から首筋にかけてゆっくりと手のひらをすべらせる。やはりかたい。時間ができた時にマッサージ店にも何度か通ったと言うが、その場は心地良くても、翌日には元に戻ってしまうらしい。

この背面のかたさは、デスクワークなどで一時的にこわばっているようなものではなく、ストレスなどからくる気の流れの悪さが原因で出てくる、副次的《ふくじてき》な症状だと二ノ瀬は判断した。

「よく眠れていますか」

「体がだるくて疲れてるんだけど、寝つきが悪いんだよな。残業続きなのと、あとプライベートで面倒なこともあって……」

一瞬の間が空き、日根野谷の小さなため息が聞こえた。いくら一平の後輩とはいえ初対面の患者にプライベートのことについて尋ねるわけにもいかず、二ノ瀬はただじっと続きを待った。

「睡眠時間がすくないから早く寝ないとまずいって焦るんだけど、考えれば考えるほど眠りに入れないんだ。それで寝たら寝たで夢ばっか見るし。脳が一日中興奮状態って感じ」

「なるほど。では、お食事はきちんと取っていますか」

「朝は抜くこともあるけど、昼と夜は食うよ。夜は飲酒もする」

日根野谷は東洋医学を信じていないと言いながら、症状を尋ねるとスパッと素直に答えてくれる。鍼灸師を全面的に信用していない人にありがちなぬらりくらりとした受け答えをしないし、こちらは女性にありがちなのだが、自分の体の状態をうまくつかめておらず、返答が曖昧であったり話すうちにこんがらがったりするようなところもない。

「では、こちらのベッドに仰向《あおむ》けで寝てください」

続いて腹診をするため、日根野谷に診療台に上ってもらった。

鳩尾《みぞおち》から下腹まで、痛みを感じない程度に服の上から腹に指を入れていく。鍛えているのか、腹筋がしっかりついているが、こちらも筋肉のかたさではない腹部のこわばりを感じる。

「日根野谷さんは、肝臓がすこしお疲れのようです。夜の晩酌は控えたほうがいいかもしれません」

「そんなん、腹押さえただけでわかんの？」

「ええ」

「胡散《うさん》くせぇ……」

「……」

日根野谷は小声で、しかし二ノ瀬の耳にはきちんと届くほどにははっきりと言った。二ノ瀬は患者から、面と向かってこのような暴言を吐かれたことがなかったので相当に驚いたものの、そっと微笑んでやり過ごした。

「では、鍼を打っていきます」

「先生、痛くすんなよ」

信用していないのに、ひとつしか歳の違わない二ノ瀬のことを先生と言う。そのくせ敬語を使う気配はなく、暴言は吐く。

二ノ瀬は日根野谷のことを、なんだかちぐはぐな人だと思った。

石鹸《せっけん》を使って丁寧に手洗いを済ませたあと、自身の手を消毒する。そして日根野谷の足に指をたどらせ、目当てのツボを探す。途中、日根野谷がくすぐったいと暴れたので、「動くと変なところに鍼が刺さりますよ」とおどすと、大人しくなった。

皮膚を酒精綿《しゅせいめん》で消毒し、日根野谷が吐き切った息を吸うタイミングで経穴《けいけつ》に鍼を刺入する。鍼管《しんかん》を通した鍼の尻を軽く叩いて先端を沈めると、支えの鍼管を外し、小さくねじって回転させながら鍼をさらに奥へと刺しこんでいく。

「痛みはないですか」

「うん」

切皮痛《せつぴつう》がないことはリラックスした呼吸から感じ取れていたが、日根野谷は前回つらい思いをしているので、一応確認のために聞いておいた。

「でもなんかそこ、痛くないけど、ズーンって重だるい感じがする」

患者が感じる得気感《とっきかん》と呼ばれる皮膚の奥に沈む響きは、鍼を持つ施術者にも伝わる。効いている、届いている感覚。呼吸を合わせ、自分の気が相手に送りこまれたように感じるこの瞬間が、二ノ瀬は好きだ。

経絡《けいらく》の流れに逆らって強めに打った鍼は、日根野谷が息を吐くタイミングでサッと抜いた。続けて三か所、両足のツボはすぐには抜かず、置鍼術《ちしんじゅつ》といって、刺したまましばらく放置する。

「おしまいです」

最後の鍼を抜き取り、はだけた衣服を正して布越しにそっと肩に触れると、日根野谷はゆっくり体を起こしながら不満げに「えー」ともらす。

「もう打たないの？　質問とか腹さわったりするのに時間かけてさ、肝心の鍼はそんなちょっとで効くわけ？　この前の鍼灸院はもっとブスブス刺してたぜ」

文句を連ねているが、日根野谷の声には先ほどなかった張りが感じられた。

「それで治らなかったのでしょう」

「そうだけど」

「過ぎるとかえって良くないこともあるんです」

ベッドの下から着替えの入ったかごを取り出し、腰かける日根野谷のそばに置いて、スリッパを足元に並べる。なにも言われなかったが、やけに視線を感じた。たぶんまた見えているんじゃないかと思われたのだろう。この勝手知ったる小さな施術室では、見えていなくとも気配や声や空気の流れで、なんとなく相手の動きはわかるものだ。

日根野谷が着替えているあいだに、二ノ瀬は菊花茶《きっかちゃ》を淹《い》れた。他の患者にはいつも施術後に白湯《さゆ》を提供しているが、そんなものを用意したら味がしないとかなんとかまた文句を言われそうな気がして避けたが、ガラス製のティーポットの中でひらく菊花を見たのだろう、「花入りの茶なんてうまいの？」と結局文句をつけられた。

「あー、帰ってから明日の仕事の準備しないとな……」

体を伸ばしながら話しているらしい日根野谷に準備とやらの詳細を聞くと、明日必要な社内プレゼン用の資料がまだまとまっていないのだという。

「三時には寝れっかな」

最後にぼそっと呟《つぶや》かれた声には、疲労がにじみ出ていた。触れた体の情報から、日根野谷が若さを過信して無理をしていることに、二ノ瀬は気づいていた。

「今日は帰ってすぐにお休みになられたほうが、よろしいんじゃないですか」

これは二ノ瀬にはめずらしいおせっかいだった。

普段は患者に対して、聞かれもしないことに忠告などしない。みなそれぞれの生活があって、どうしても削れないものを抱えながらここにやって来ていることを知っているから、理解した上で求められているものを提供するのが自分の仕事だと思っている。

けれど日根野谷に対してはなぜか、ひとこと言いたくなってしまった。

(一平の後輩だからかな?)

心のどこかでこの男は親友の知り合いだという意識があって、気安さを感じているのだろうか。普段は年配の患者が多く、歳《とし》の近い男性はあまり訪れないので同年代の親近感もあったのかもしれない。

「じゃあ先生が明日必要な資料、俺の代わりに作ってくれる?」

「そ、れは……」

二ノ瀬は答えられなかった。自分は日根野谷の仕事を代わってやれない。

「できないなら、余計な口挟まないでくれない?」

余計なことを言った自覚があっただけに二ノ瀬は一瞬口をつぐんだが、言葉はすでに喉元まで出かかっていた。そして気づくとうっかり、口はすべっていた。

「睡眠を疎かにすると、治るものも治りません」

そして一度すべった口は止まらない。

「一時的に鍼を打って症状を緩和しても、日々の生活を入れ替えないと、また同じところに戻ってしまいます」

（なに言ってるんだろう……）

頭の片隅では、疲労している患者相手にどうしてこんなきついことを言っているのかと思いつつ、口のほうからは本心がつるつる出てくるのを止められないでいる。

「それを治すのが先生の仕事だろ？」

「いいえ。治すのは日根野谷さん自身です。あなたの体はあなたにしか治せません。わたしはそれを精一杯お手伝いするだけです」

患者自身に治す気がなければ、施術する者がどんなにがんばっても病というものは治らない。

これは二ノ瀬の本心の考え方ではあるのだが、患者に伝えるべきことではなかった。これではわざわざこの場に足を運んでくれた患者に、自分で治せと言っているようなものだ。こんなことを言ったら、鍼灸師のくせに無責任だと責められるに違いない。

次はいったいなにを言われるのだろうかと、緊張しながらかまえていたところ、目の前の空気がふわっとゆるんで、日根野谷が小さく笑う気配がした。

「先生って、見た目の印象と違って、けっこう手厳しいな」

そんな批判をしつつも日根野谷から発せられるリラックスした雰囲気と声に、二ノ瀬のこわばっていた体からわずかに力が抜ける。

　すると、目の前でまたふっと笑う気配がした。

「これ、花入りの茶？　まあまあうまかった」

「いくら？」と尋ねられ、二ノ瀬は急速に冷静さを取り戻し、「お代は結構です」と答えた。

「一平からのご紹介なので……」

　そういうことにしたが、一平からだって施術料はもらっている。

　けれど日根野谷からはもらえない、いや、もらいたくなかった。言いたいことを言われ、気づけば思う存分言い返してしまった。二ノ瀬には、自分の失礼過ぎる、患者に対してありえない発言を帳消しにしたい思いがあったのかもしれない。

「田所さんと幼なじみなんだってね。先生はのほほんとした人だって聞いてたけど、全然違った」

「………いつもは、のほほんとしているんですが」

　おかしいのは今日だけだという意味で伝えたら、最後にまた笑われた。

「じゃあね、また来るかも」

「ええ、お待ちしています」

　出ていく際に日根野谷は軽い調子で言ったが、もう二度と来ないだろうと思った。

　東洋医学を信じていないと言ったし、二ノ瀬の診断を胡散臭いと言った。最後は笑っていたが、それも二ノ瀬の鍼灸師としてのありえない態度に、呆《あき》れて笑うしかなかったのだろう。

　そもそも一平の紹介で来た客だ。前の鍼灸院で痛い鍼を打たれ、鍼治療に懐疑的であったところに先輩の誘いだからと断れず訪れた鍼灸院で、暴走した二ノ瀬に厳しい助言を投げつけられたら嫌になって当然だ。

もう来ないに違いない。いや、二度と来るはずなどなかった。

目の見えない施術者の自分に対する初対面時の反応で、二ノ瀬は新規の患者を四つに分類している。

一、見えないことに過剰に同情する人。

二、見えないことに安心して気を抜く人。

三、見えない自分に見透かされる恐怖を覚える人。

四、見えないことにはあえて触れてこない人。

一は年配のおしゃべりな女性に多い。二と三は対極に見えて、両方とも神経質な人に多い。四は広く一般的な感覚を持った常識人。

その後、常連になるのは四の患者がほとんどである。彼らも常連になったらみな見えない世界の話を聞きたがるが、初対面の時点では気を遣《つか》って目のことには触れてこない。

日根野谷はどれに分類されるだろう。

彼のことはもう二度と来ない患者だと確信しているが、一から四のどのカテゴリーにも属していない気がした。
一、同情なんてまったくされなかった。
二、三、見えない自分に対して安心感や恐怖心は抱いていなかったし、敬語は使われず、多少不躾《ぶしつけ》な物言いはされたが見下されはせず、対等な印象を受けた。
四、見えないことに真正面から触れてきた。
「あの男は、いったい何者？」

「あの男って、日根野谷のこと？　おれの後輩だけど？」

「そんなことを聞いているんじゃないの」

「いでででで」

金曜の夜、一平が仕事の帰りに、この前日根野谷と一緒に来院できなかったことを謝罪に訪れていた。灸を据えたあと、体のかたい一平のストレッチを手伝いながら、日根野谷のことについて二ノ瀬はいろいろ尋ねた。

「日根野谷さんって、すこし生意気な感じの人だったけど、仕事ができてみんなに慕われてるって本当なの？」

「言うね〜。でも残念ながら本当だよ。あいつはわが社のスターだから。そう言われてるのは、人目を引く華やかな容姿で目立つせいもあるんだけど、それだけじゃなくてさ。日根野谷って今は広報だけど、元は営業部にいたんだよ」

「そうなの？」

「うん。うちの文具メーカーは大手じゃないから、元は広報部自体がなくて、営業部が広報活動を兼ねてたんだ。だけど五年前、当時営業部にいた入社三年目の日根野谷が、うちは大手に負けない良い文房具を作ってる会社なんだから、積極的に広報活動ができる部署があったほうがいいって上司に提案した。それで上司が、ならおまえがひとりでやって結果を出せ、って言って、日根野谷が、じゃあやります、って承諾して、今に至る」

なんだかすごい話をさらっと聞かされ、二ノ瀬は一瞬ぽかんとしたが、三日前にはじめて会ったあの男なら、上司にも言いたいことを言って対等に掛け合いそうだ、と思い直した。

「それで、彼は今も広報の仕事をひとりでこなしてるの？」

「いや……、ちょっと前に営業部から今年入った新入社員がひとり、広報に異動になったみたい。だけどそれまではあいつ、立ち上げからずっとひとりで奮闘してたなぁ」

一平は日根野谷のひとりでのがんばりを思い出しているのか、しみじみと言った。

「日根野谷の仕事って、マスコミに向けて自社製品を発信していくわけだけど、広報であるあいつ自身は目立つことはせず、普段スポットライトの当たらないおれたち開発や技術者の仕事ぶりを表に出そうとしてくれるんだ。社外に発信されたものを雑誌や新聞なんかで目にすると、普段忙しそうに走り回ってるやつが、ちゃんとおれたちの仕事を理解してくれてるのがわかって嬉しくなるじゃん。日根野谷もこうやってがんばってくれてるから、またいいもの作らなきゃなって思うんだよ」

聞かされる話の中の日根野谷と、先日会った失礼な態度の日根野谷が、同一人物だとは思えなくて二ノ瀬が眉を寄せていると、一平はその表情を確認したのか、ふふ、と笑いをもらした。

「まああいつは、はっきりものを言い過ぎるところはあるけどね。でも公私はわきまえてるし、ああ見えて実は気づかいのできる男だし。男っぽい見た目をしてるけど、案外甘え上手でかわいい一面もあるし。よく付き合うとわかるけど、老若男女に好かれるタイプだよ、あれは」

「……ふうん」

「いたたたた、唯史、納得いってない感じだね」

思わずストレッチの手伝いに力が入ってしまった。開脚し、背中を押された一平は痛がりながらも、その声は楽しそうだ。

「ところで、その日根野谷さんはいつも忙しいの？」

「え、ああ。仕事量はかなり多いだろうね。でも期待されてるから仕方ないのかもな」

「この前来た時はずいぶん疲れてたみたいだけど、今は元気そう？」

「最近社内で会ってないから、どうだろうな」

「そっか……」

もうここには来ないとわかっているが、だからこそ三日前に診た日根野谷の疲れ具合と、それを深刻に考えていなさそうな態度が気になっていた。

「日根野谷はいつも動き回ってて、会社のデスクに座ってる姿はほとんど見ないけど、会議の時には資料もばっちり作ってくるし、家にも仕事持ち帰ってるんだと思う。えらいよあいつは」

日根野谷をほめる一平に、首を振って反論する。

「それで体を壊していたらえらくなんてない。自分が健康体でいられる仕事量の上限を把握できていないうちは、半人前だよ」

「おっしゃる通りだ」

ストレッチ後、二ノ瀬の用意した白湯を飲みながら、一平がどこかおかしそうに言った。

「しかし、やけに気にしてるじゃん」

「……なにが？」

「唯史がめずらしく人に興味を持ってるな、って思ってさ」

「そんなのじゃないから」

自分の声が思いのほか大きく響いて、ここまでムキになることでもなかったとうつむく。

「日根野谷のこと、気になるの？」

「別に。なんで僕が、もう来店しない男のことを気にかけなきゃならないんだ……」

二ノ瀬は目の前で笑いをこらえている一平に気づかぬまま、自問自答するように返していた。

一平の知り合いを紹介してもらったからといって、必ず固定客にしなければならないわけではない。

愛子に紹介された中にも、その後常連になる人もいれば、一度きりで来なくなる人もいた。

患者と施術をする自分との、相性の良し悪しは必ずある。向こうがもう来ないと判断したのなら、それは二ノ瀬にはどうすることもできない。

「いいんじゃない？　そんなに気になる相手なら友達になってみたらどう？　日根野谷はいいやつだし、あれくらい強引なのと友達になったら、唯史の行動範囲も広がるかもよ」

「友達って。急になに言って……」

突飛な発言に驚きつつも、一平が自分のことを心配してくれているのだろうと思い至る。

恋人も作らず、家族同然の幼なじみである一平以外に特定の友達もいないことを気にかけて、日根野谷と仲良くなることを薦めてくれたのだろう。偏屈な自分の友達にと推薦するくらいだから、一平は日根野谷のことをよほど信頼しているのだなと思いながらも、気のいい幼なじみの優しさには苦笑だけで返しておいた。

「じゃあ、そろそろおいとましようかな」

白湯を飲み干したらしい一平が立ち上がる気配がした。

「そうだね。あまり遅くなると愛子さんが心配するよ」

一平を玄関まで見送り、「また」と手を振って別れる。

二ノ瀬はひとりになると、幼なじみの気安さから一平におかしなことを尋ね過ぎた反省で、大きなため息を吐いた。

二ノ瀬の交友関係は狭い。

高校で視力を失った二ノ瀬は、視覚障害者が鍼灸の技術を学ぶ大学に入学するために上京した。そこで出会った仲間たちは、弱視・全盲と見え方に差はあるが、みな自分と同じ視覚障害を持っていた。学生寮で同室だった仲の良かった数名の友人たちは、大学卒業後は実家に戻ったり地方で就職したりしたため、現在東京にはいない。彼らとは時折、電話などでやりとりをするが、実際に会う機会はほとんどなくなってしまっている。

その後大学の寮を出て、今住んでいる店舗兼自宅でひとり暮らしをはじめた。ここで数年かけて開業のための準備を整えながら、勤め先である鍼灸院にバスで通う生活をしていた。

当時、勤めていた鍼灸院で世話になった院長先生や同僚たちはみな、晴眼者だった。視覚障害者である二ノ瀬に協力的な人たちばかりで、働いている当時の人間関係は良好だった。けれど、退職後に誰かと個人的な付き合いをするには至らなかった。

職場では定期的に情報交換を兼ねた食事会が行われていたが、二ノ瀬は目が見えていたころと同じように食事をすることが難しく、食事のマナーを守ることもできなくなっていたため、みんなに不愉快な思いをさせて迷惑をかけてはいけないと、誘われても断ることが多かった。

晴眼者と視覚障害者である自分が互いに遠慮して壁を壊せなかった結果、在職中は本当に良くしてもらったのに退職後は疎遠になってしまったことを、今でも申し訳なく思っている。

自分に特定の友達がいないのは、人と深くかかわることに対する根本的な怖さがあるからなのかもしれない。それは高校時代、二ノ瀬にとって最初で最後の晴眼者の彼女に失恋した際に負った、心の傷が影響しているのだと思う。

目の見える相手とのあいだに立ちはだかる壁を壊す勇気は、未《いま》だ癒えない失恋の記憶が邪魔をして、拒絶されるかもしれない恐怖に毎度押しつぶされてしまう。

けれどそれでいいのだとも思う。誰かと深い感情を交換することで傷つくより、今の安穏な生活を守り続けることのほうがずっと大切だから。

そんなふうに結論づけて、二ノ瀬は胸に湧《わ》いた小さな寂寥感《せきりょうかん》をかき消し続けてきた。


もう二度と来ないと思っていた男が、予約もなしにふらりとやって来たのは、一度目の来店から約十日後のことである。

「こんばんは、先生」

閉院間際、冷たい風をまとって入ってきた男の声には聞き覚えがあった。

「こんばんは……。もしかして日根野谷さん、ですか？」

「俺の声、覚えててくれたんだ」

日根野谷の発した言葉が低くかすれている。疲労の溜《た》まった弱々しい声を聞いたら、二ノ瀬はまた彼に会えたことにほっとした。

「あのあと体がちょっと楽になったんだよ。それで調子にのって仕事バンバン入れてたら、また具合悪くなってきてさ。先生の言ってた通りになったな、って思った。一時的に治しても、日頃の生活を改めないとまた同じところに戻るって話、まんまだった」

日根野谷の話を聞きながら脈診すると、前回と変わらず手首は冷たく、深く沈んだ脈が弦を打つように響いていた。

「本当にお疲れのようなので、きちんと眠ってください。睡眠不足は健康の大敵ですから。若いし体が強いからといって油断していると、不摂生のつけは後々に必ずやってきますよ」

また患者相手に過剰な説教をしていると自覚しながらも、やはり日根野谷に対してはいろいろ言いたくなる。

「やめてよ、怖いこと言うの。それより、先生はなんで俺が寝てないのわかんの？」

「この前、日根野谷さんが来られた時、翌日の仕事の準備で遅くまで起きている、と窺《うかが》いましたから」

「あー」と、なんだかにやけた感じの挑戦的な声が返ってくる。

「先生、俺のこと心配してくれてたんだってね。田所さんに聞いたよ。日根野谷さんは元気そうにしてるかとか、忙しいのかとか、聞いてくれたんでしょ？」

「………」

話が筒抜けになっている事実を前にし、二ノ瀬は無言で小さくため息を吐いた。ただ、一平に怒りを覚えるより、もう伝わってしまったことは仕方がないというあきらめの気持ちのほうが強い。

「体に疲れが溜まっているにもかかわらず、まだ無理をされそうなご様子だった日根野谷さんのことを、心配していたのは事実です。ただ、一平と話したことに関しては、もう来ない人だろうと気を抜いていました」

「へ……？」

正直に吐露すると、日根野谷から一音だけ返ってきたのちに沈黙が訪れた。

二ノ瀬が一患者である日根野谷相手にここまで好き放題言ってしまうのは、一平の後輩だからという身内のような感覚もあるのかもしれないが、なにより彼はここまで言っても機嫌を損ねず受け入れてくれるだろうという甘えがあるからだった。そんな根拠のない考えがいつ芽生えたのか定かでないが、きっと初対面時の日根野谷から、視覚障害者の自分への気づかいがなかったことが大きい。

同情や過剰な手助け、そしてあえて話題にしないという気づかいは、晴眼者である相手が視覚障害者とのあいだに線引きをしているからこそ生まれる行動だ。

目の見える自分との違いに触れ、不思議に思ったことは質問する。ものすごく失礼だと感じた日根野谷の態度は、思い返してみると垣根がなく、ごく自然体だった。

とはいえしばらく無言が続いたため、さすがに怒らせたのかもしれないと不安になっていたら、日根野谷が突然、手を叩いて笑い出した。

「待って、先生！　それ気持ちさらけ出しすぎだから！」

（あ、怒ってなかった）

ほっとしたのも束《つか》の間《ま》、いつまで経っても笑い止《や》まない日根野谷の声を聞いているうちに、二ノ瀬のほうもだんだんおかしくなってきて、「そろそろはじめましょう」と吹き出してしまう前に笑いをこらえながら着替えを手渡した。

「ゆっくり、自分のペースで呼吸してください」

「うん」

前にも感じたことだが、ベッドの上での日根野谷は従順だ。リラックスしてなにも疑わず、こちらにすべてを任せてくれているのがわかる。その信頼は鍼を打つ二ノ瀬に安心感を与える。

「先生の手、ぬくいね。気持ちいい」

冷えた足首をつかみ、指先で経穴を探っていると日根野谷がぽろっと言った。

(気持ちいいって……)

思ったことはすべて伝えないと気が済まない性質《たち》なのか、言われたほうが動揺してしまうような感想をこぼすので困惑する。

「日根野谷さんの体が冷えているんですよ」

「そうなんだ。でも先生にさわられた時の温度差が気持ちいいから、冷えてるのも悪くないな」

「冷えているのは悪いことですから」

即答すると笑い声が返ってくる。笑い事ではないというのに。

皮膚を消毒し、鍼を刺入しようとしたら、日根野谷がまたおかしなことを言い出す。

「前も思ったんだけど、先生ってさわり方がエロいよね。他の患者さんに言われない？」

あやうくツボを外しかけた鍼をすんでのところで持ち上げ、二ノ瀬はうつ伏せている日根野谷の後頭部があるだろうあたりをにらみつけた。

「すこし、黙っていてください」

「はあい」とくぐもった声で返事をしたあと、くすくすと笑い声がもれ聞こえる。「呼吸を」と促して、ようやく声が止んだところで二ノ瀬は動揺した心を落ち着けて、最後の鍼を刺入した。

施術が終わると前回同様、菊花茶を出した。意外と口に合ったのか、今回の日根野谷は、「花入りの茶だ！」と言って喜んで飲んでいる。

「ねえ、田所さんから俺のどんなこと聞いたの？」

「日根野谷さんはとても仕事熱心だという話です」

一週間前に一平から聞いた日根野谷の話を、かいつまんでざっくり伝えた。

「わあ、先輩に愛されてるなぁ、俺」

「愛されるような仕事をしているのだと思いますよ」

照れているのか、茶化すように言う日根野谷に二ノ瀬は真剣に答えた。一平から日根野谷についての話を聞いて、本当に思ったことを口にしただけだったが、一瞬妙な間が空いた。

「だけど俺さー、このくそ忙しい仕事がけっこう好きなんだよなー」

軽い口調は照れ隠しで、これは日根野谷の本音だと思った。

「それはとても素晴らしいことだと思います。それでも体が壊れてしまったら仕事にならないのですから、自分の体調の悪さから目を逸《そ》らしてはいけません。なので今日はちゃんと眠ってくださいね」

日根野谷が無理をしたくなる気持ちを理解した上で、それでもやはり言わずにはいられなかった。

そろそろ茶器を片そうとテーブルに腕を伸ばしたら、その手首を唐突につかまれた。自分の手首をつかむ日根野谷の手から腕、顔のあるほうへとゆっくり視線をたどっていくと、深刻な声で「先生」と呼ばれて何事かと緊張した。

「ねえ、誰にも言えないこと、ちょっと先生に、愚痴ってもいい？」

「え、ええ、はい、どうぞ、なんなりと」

今まで茶化してばかりいた日根野谷の真面目な口調に驚きつつ、二ノ瀬はなにを愚痴られるのだろうかとすこしドキドキしながら継がれる言葉を待った。


ガラスポットに二杯目の菊花茶を用意して、二ノ瀬は日根野谷が言葉を選びながら話すのに時々うなずきつつ、真剣に耳を傾けていた。

日根野谷は愚痴と言ったが、それは悩みの相談だった。

内容は、前に一平から広報部に新しく入った新人がいると聞いていたが、その男と日根野谷との関係がうまくいっていないというものだった。

日根野谷は元々営業部員だったが、広報部を立ち上げてからは基本的に社外広報を主としてひとりで活動していた。多忙だが器用に問題なく仕事をこなしていたところに、今夏、営業部長から「こいつを一人前になるまでしごいてやってくれ」と引っ込み思案の後輩を託され、手余しているという。

「仕事ができないわけじゃないんだけど、人と接するのが苦手なやつで対外的な仕事に向いてない。世話になった営業部に突っ返すわけにはいかないし、いつも不安そうにしてるの見てると危なっかしいし、かといって丁寧に教えてやる時間なんかないし。結局、二人の部署になったけど、雑用以外は自分ひとりでやってる現状なんだ。向いてない部署に配属された後輩も気の毒だと思うけど、あいつのことを信用してやれずに、仕事を任せられない自分の余裕のなさにも嫌気が差してる」

「なるほど」

カップの中身を飲み干したらしい日根野谷に、そっとポットを押して温かいものを勧めると、返事はなく、こぽこぽこぽ、と湯の注がれる音だけが聞こえてくる。

「別にいじわるしたいわけじゃないんだけどさ。他のことに追われてるとかまってやれなくて。自分が上司にしてもらったみたいに、後輩を信用して仕事任せて、信頼関係築いていきたいって思うけど、実際はそんな心の余裕、全然ないわ。人を信用するのって、案外難しいよな……」

日根野谷のひとり言のような呟きを聞いて、二ノ瀬は困ったように眉を下げた。肉体と精神の疲労が重なって、日根野谷全体が衰弱している状態なのだろう。

愚痴を聞いてほしいという日根野谷の欲求は満たせたのだからこれでいいのかもしれないが、彼の仕事へのひたむきさや後輩にもっと良くしてやりたいという思いが伝わったからこそ、力になりたいと思ってしまった。

（でも日根野谷さんと自分の仕事は、全然違うし……）

患者のほとんどが常連の鍼灸院で、ストレスといえば時々新規の患者の対応に緊張するくらいで、のびのびと仕事をしている二ノ瀬とは違い、日根野谷は会社の顔として社外に自社製品をアピールし、常に新たな人と出会いながら対応に日々追われている。自分が日根野谷に仕事のことでアドバイスできることはない。

けれどすこしでも前向きになるきっかけになれば、と二ノ瀬は自分のことを話すことにした。

「わたしは時々、運に任せて人を信用することがあります」

「運？　って……、え、どういうこと？」

意味がわからないという日根野谷に、二ノ瀬は過去の体験を語った。

「たとえば街で、こちらが視覚障害者だとわかって声をかけてくれる人が時々いますが、わたしはその相手のことを基本的には信用することにしています」

「赤の他人を信用するってこと？　怖くない？」

「もちろん怖い気持ちもありますが、世界中が敵だと思うのは嫌だし、そうじゃないと思いたいんです。だから基本、みんないい人だと思うようにしています。それで嫌なことがあれば、運が悪かったんだってあきらめます」

「それで実際、危ない目に遭ったことないの？」

「ありますよ。昔、目が見えないんですか、道案内しますよ、と手を引いてくれた人に財布を盗まれたことがあります」

「げ！　警察に相談した？」

「一応しましたが、視覚情報がないと手掛かりがほとんどないので、犯人は見つかりませんでした。それ以来、使うだけのお金しか持ち歩かないことにしています」

対策をしていれば、同じ目に遭った時のダメージはすくなくて済む。

「そんなことがあったのに、先生はなんで人を信用するわけ？」

「それは、いいこともたくさんあったからです。たとえば、点字ブロックを歩いていて、行く先に放置自転車があることをわざわざ遠くから走ってきて教えてくれた親切な人がいました。書店で平積みされた本にぶつかって落としてしまった時、周囲にいた人たちが全部拾って元通りにしてくれたこともありました。わたしはだから、いい人に出会ったら良かったって思うし、悪い人に出会ってしまったらアンラッキー、ぐらいに思うようにしています」

そこで一息つき、結局なにが言いたかったのだろうかと、見失いかけた答えを手繰り寄せる。

「あの……、だから、日根野谷さんも、その後輩を一度は信用して任せてみてはいかがでしょうか。それでだめだったとしても、またいい時もあると思って、長い目で見てあげるのも悪くないかもしれません」

言い終えると、しばらく無言だった日根野谷が、「すげぇ」としみじみ呟いた。

「先生って意外に大胆な思考してるなぁ。でもその考え方、いいね」

感心したような声音に、二ノ瀬はすこしほっとした。

「先生に話聞いてもらって良かった。また愚痴ってもいい？」

「わたしで良ければ……」

帰り際、支払いと言って、日根野谷から紙幣を握らされる。手触りで数枚の札の識別マークを確認し、もらい過ぎていることがわかった。

「こ、これではあまりに多いです」

「今日と前回の施術料も込みで。先生の治療、ちゃんと効果があったから。田所さんからの紹介だけど、俺は誰も介さず先生と個人的につながりたいと思ってるんだ。これからもまた世話になるし、だからこそちゃんと施術料は支払わせてほしい」

そう言って日根野谷は釣銭を受け取らず、「じゃあね」と告げ、さっさと帰ってしまった。気質としても行動の素早い男なのだろうが、きっと今のは二ノ瀬に反論させないために急いで帰ったのだろう。

ひとりになって落ち着くと、人とかかわることに長《た》けている日根野谷相手に、恋愛も人付き合いも不得手な自分がえらそうな助言をしてしまったことが恥ずかしくなった。

けれど日根野谷は、二ノ瀬の役に立ちそうにないアドバイスを否定したりバカにしたりすることなく、話を聞いてもらって良かった、と言ってくれた。

ふと、日根野谷のような男が友達だったら、と考える。ついこのあいだ一平から提案されたことを思い出した。

『日根野谷くらい強引なやつと友達になったら、唯史の行動範囲も広がるかもよ』

軽い調子で告げられた一平のひとことが、今になって二ノ瀬の想像をふくらませる。

日根野谷は、目が見えなくなってから出会ったどの晴眼者とも似ていない。初対面から視覚障害者である自分に対し、まったく遠慮がなく同情する気配もなかった。

薄々感じていたが、晴眼者相手には誰にでも感じる壁が、日根野谷とのあいだには存在していないのかもしれない。

友達になるための第一歩である、壁を壊すという行為が必要のない相手。

(日根野谷さんみたいな人は、はじめてだ)

彼と友達になれたら、自分だけの世界になにか変化が起こるのかもしれない。

二ノ瀬の心の中で、泡粒のような期待と不安の入り混じった小さな種が芽生えていた。


午前中の施術が早めに終わり、扉に休憩中の札をかけた。十月も残り数日で、気温はすこし低くなってきているが、今日は朝から風のない快晴が続いている。

二ノ瀬は喫茶マアブルに電話をかけて千景ママに秘密のものをお願いすると、リュックを背負い、白杖を持って家を出た。

午後いちばんの予約の時刻まで、二時間ほど空いている。いつも昼休みは、商店街をぐるりと回って買い物などして帰るのだが、今日は時間があるので駅の向こうに足を運ぼうと決めていた。

月に一度くらい、晴れの日と昼休みを長く取れるタイミングが合った時、踏切を渡った先にある大きな公園まで出向き、ベンチに座ってのんびりランチを食べることにしていた。

「お、先生じゃないか。相変わらず別嬪だね。今日は公園に行く日かい？」

「はい。いいお天気なので行ってきます」

公園に向かう途中、乾物屋の主人ヒラさんに声をかけられ、苦笑しながら挨拶した。近所の人たちは二ノ瀬が時々、天気のいい日の昼休みに公園まで行くことを知っている。今日はいつもより防寒していたせいで、遠出の日だと気づかれたようだ。

「その前にちょっと寄ってってよ、先生。俺最近さ、ふりかけ作りにはまっちゃってんだ」

ヒラさんの声のあと、シャカシャカと軽やかな音が鳴った。どうやら手作りのふりかけが入った容器を振っているらしい。話を聞いてみると、いろいろな乾物を細かく砕いたものをどの配合で混ぜるとおいしいか、研究することにはまっているらしい。

「先生も荷物にならなきゃひとつ持ってってって。味見したら感想聞かせてくれよ」

「いただいてもいいんですか」

「もちろんさ」というヒラさんの声にかぶって、背後でキキッと自転車のブレーキの音がした。

「先生、ちょうど良かった。明日からうち、半額セールやってるからよろしくね」

二ノ瀬が振り返るあいだにそれだけ告げると、自転車の主はまた走り出したようだ。声でクリーニング屋だとわかったので、いつも持ち歩いているメモ用のボイスレコーダーに『明日からクリーニング半額』と吹きこみ、ヒラさんと別れたあと、頭の中で衣服をいくつか思い浮かべながら喫茶マアブルへ向かった。

「先生、いらっしゃい」

ドアベルを鳴らすと、千景ママが待ちかまえていたように迎えてくれた。

「千景ママ、こんにちは。秘密サンド、いただけますか」

先ほど電話で頼んでいたため、千景ママはすぐさま箱に詰まった秘密のサンドイッチをリュックサックの底に詰めてくれた。

支払いをしていると喫茶マアブルの常連客から、「先生今日は公園の日かい？」と声をかけられる。秘密のサンドイッチは二ノ瀬の公園でのランチの必須アイテムであることも、界隈の人間はみな知っているのだ。

千景ママと常連客に別れを告げ、家を出た時よりすこしだけ重くなった、シャカシャカと音のするリュックを背負って商店街を抜け、踏切を渡り目的地の公園に入った。

二ノ瀬が園内を歩くルートはいつも決まっている。

子供の多い遊具のあるあたりは避け、池のほとりの遊歩道を通って芝生広場にあるベンチへとたどり着く。誰も座っていないことを確認し、ベンチにリュックを下ろして腰かけた。広場にはまばらに人がいるようで、キャッチャーミットにボールが収まる音や、犬が芝を駆ける息づかい、赤ん坊の泣き声と母親のあやす声など、四方から幸せに満ちた音が聞こえてきて平和な空気が流れていた。

リュックからミルクティーの入った水筒と、秘密のサンドイッチを取り出した。

秘密の理由は、千景ママの計らいで具が毎回変わるため、食べるまで中身がわからないからである。

ミルクティーを飲んでひと息つき、ひとつ目のサンドイッチに手を伸ばそうとしたところで、誰かがこちらに近づいてくる気配がして顔を上げた。

「先生？　なにしてんのこんなとこで」

「え、日根野谷さん、ですか……？　あなたのほうこそ、なにしているのですか」

意外な場所で意外な人物に遭遇し、二ノ瀬は驚き過ぎて質問に答えることも忘れ、思わず問い返していた。

「俺は外回りの途中。次の約束まで時間ができたんだけど、会社に戻るには遠くてさ。電車で移動しながら、そういえば先生の鍼灸院に来る時、駅の反対側に大きな公園があったなぁって思い出して、途中下車してコンビニで昼飯買ってのんびりしていこうと思ったんだ」

日根野谷がコンビニのビニール袋を揺らしているのだろう、かさかさと中身と袋の擦《こす》れ合う音がする。

「そうでしたか。わたしは昼休憩が長めに取れた時に、月に一度くらいですが、ここに来てお昼を食べるんです」

「へえ、じゃあ先生の月一と俺のたまたまが重なったんだ。すごい偶然、運命かな」

「なにをおっしゃっているんですか」

冗談をかわしつつ、二ノ瀬はベンチの隣を空けて日根野谷に座るよう促した。

「先生はなに食べてるの？」

太ももの上に置いた紙箱を覗《のぞ》きこんでいるのか、腰かけた日根野谷の声が低い位置から聞こえた。

「これは、秘密のサンドイッチです」

「秘密のサンドイッチ？」

「ええ。あちらの商店街に喫茶マアブルというお店があるんですが、そこのママに作っていただいたもので、中身はなにか、食べてみるまでわかりません」

「あ、そっか。目が見えないから」

あっけらかんと言う日根野谷にうなずいて、サンドイッチをひとつかじった。味は玉子サンドだが、ずっしりとした重みがある。

「これは……、ポテトサラダが入ってるのでしょうか。日根野谷さんもおひとつどうぞ」

「ありがとう。見た目は普通に玉子サンドだけど」

「わさびが隠し味に使われているのかもしれません」

「え、俺、食ってもわかんない。めちゃくちゃうまいんだけど。ほんとだ、パンめくったらわさび入ってる。先生、味覚鋭過ぎ」

「いえ、たまたまです。いつもはけっこう外してるので、当てになりません」

「なんだそれ」

日根野谷の笑い声が無風の空に吸いこまれていく。昼間に会ったからだろうか、いつにも増して日根野谷の声に張りがある気がした。

「日根野谷さん、今日は体調が良さそうですね。声が軽やかです」

「アハハ、声でわかるとか、やっぱ先生すごいな。今週けっこう体の調子いいんだ。ちゃんと眠れてるし。五日前に先生に聞いた話、週明けに実践してみたら気持ちが楽になったんだよ」

「実践、ですか……？」

「うん。やっぱ俺、後輩に怖がられてたみたい。いつもバリバリひとりで仕事こなして、おまえは雑用だけやっとけって感じに見えたんだろうね。先生と話したあと週末に反省して、月曜の朝に時間とって後輩と話し合って、これからは失敗してもいいからやるだけやれ、あとは俺がフォローするから、ってかっこいいこと言ってみたの。そしたらあいつもいい感じに力が抜けたみたいで、仕事に積極的になってきてさ。たったひとことなのに、こんな短期間で関係って変わるんだなって思った。全部先生のおかげだよ。ありがとう」

二ノ瀬は話を聞いてほしいという日根野谷に余計な助言をしてしまったと恥ずかしく思っていたので、感謝などされて驚いた。

「わたしのおかげなどではありません。日根野谷さんにはいつも余計なおせっかいをしてしまうので、少々反省しているんです」

「え、なんでよ。俺、先生におせっかいされて叱られるのけっこう好きだぜ。っていうと変態みたいだけどさ。普段はできるやつって思われてるのか、上司からも叱ってもらうことってもうめったになくて、日根野谷はできて当然って思われてるのもわかるから、無茶してこなしてきたところがあるんだと思う。でもそんな時に先生から、生活を正せ、飲み過ぎるな、しっかり寝ろ、っていちいち言われると、ああ俺って無理してるんだなってちゃんとわかってほっとするっていうか。うん、嬉しいんだと思う。だから先生のおせっかいには感謝してるし、これからも期待してる」

「そう、でしたか。わたしのおせっかいが役に立ったのでしたら、まあ、それは、はい……、良かったです。あの……、どういたしまして」

感謝どころか期待までされているらしい。手放しでほめられて、二ノ瀬は感情の持っていき場がわからず、静かに二つ目のサンドイッチを頬張った。「おいしい？」と聞かれ、無言でうなずく。ハムとコールスローサラダの味がする。

ミルクティーを飲んですこし落ち着いたところで、ふと思った。

「日根野谷さんって、変わっていると言われませんか」

「え、どこが」

「わたしははじめ、あなたのことを失礼な方だと思ったんです。初対面でもかまわず言いたいことをおっしゃるから。かと思ったら自分の非をあっさり認めたり、感謝の気持ちをありのまま伝えてきたり。そういう大人ってあまりいない気がするから、不思議な人だなって思います」

「あー、裏表ないね、とはよく言われるかも」

ほめたつもりはなかったが、日根野谷の返事に照れが混じっている。

「あと、これは単純な疑問なのですが、年上のわたしに敬語を使われないのはどうしてだろうと思っていました」

今はプライベートだからと、ずっと引っかかっていたことを伝えてみる。自分は基本的に誰に対しても敬語を貫いているので、日根野谷の自然体の気さくさが気になっていた。

「ごめん！　俺さ、敬語が苦手なんだよね」

「敬語が苦手……？」

くだけた口調のままの答えが返ってきた上、その理由が社会人とは思えないものだったので、思わず吹き出してしまう。

「いや、まじなんだって」

「でもお仕事では敬語を使うでしょう？」

「うん。就職活動前にめちゃくちゃ勉強したから、仕事では使えてると思う。でもプライベートの親しい人との会話は、ため口がいいの。っていうのも俺さ、中学入る前まで親の仕事の都合でヨーロッパに住んでたり、学生時代はアメリカに留学してたりで、人生の半分くらいが海外生活だったんだ。だから仕事以外の日常で敬語を使うのが苦手。ストレスが溜まるんだよね」

「ああ、なるほど！　それでなんだかえらそうなのに嫌みがないんですね」

あまりに合点のいく話を聞いて、うっかりほめ言葉か悪口かわからないことを言ってしまい、二ノ瀬は咄嗟《とっさ》に口元を手で覆った。

「いやいや、おっしゃる通りっすよ。こんなことで、先生の中の俺の不思議が解明されたなら良かったけどさぁ」

すねているような日根野谷の声に、正直に謝った。

「……ごめんなさい」

「いやマジでさ、思ってること言ってくれたほうが俺は嬉しいから。これからはなんでも言ってね」

そんなことを言われたらまた口がすべってしまいそうだと思いつつ、二ノ瀬は小さくうなずいた。

「じゃあ次は先生のことも教えてよ。なんで鍼灸師になろうと思ったのか、きっかけは？」

「きっかけ、ですか」

「あと、いつごろから、どのぐらい見えないのかも知りたい」

答える前にさらに踏みこんだことを問いかけられ、日根野谷は本当に妙な気づかいをしない人なんだな、と感心した。

晴眼者から見えなくなった過去について尋ねられることはほとんどない。視覚障害者同士では先天性か後天性か、互いがどの程度見えているのかなどをたしかめ合うことはよくあるが、目の見えている人にとっては、障害者の障害のある部分に触れる話題は避けがちだ。もちろん、その話題を振られて気分を害する者もいるのかもしれないが、二ノ瀬は自分のことを知ろうとしてくれた日根野谷の気持ちが純粋に嬉しかった。

「話すと、長くなりますよ……」

「いいよ。時間はたっぷりあるから。先生のこと、全部聞かせて」

日根野谷の言葉に安心してうなずくと、二ノ瀬は過去に思いを馳《は》せた。

「わたしが視力を失ったのは、高校二年の冬でした」

網膜の神経が徐々に死んでいく病気で、元々夜盲《やもう》症《しょう》の気はあったが、中学の途中くらいからさらに夜が暗くなっていき、その後、朝や昼もぼやけ、視界はゆっくりと閉ざされていった。

病気が発覚した中学生当時、二ノ瀬は長野《ながの》の実家に住んでいて、情に厚い家族はそれぞれのやり方で戸惑っていたけれど、悲しみの大きさはみな同じだったと思う。

幼稚園のころから習っていたピアノのレッスンを休んで、中学二年生の二ノ瀬は母と駅で待ち合わせて町の眼科を受診した。その何日か前に、最近黒板の字が見えにくいと母に告げたら、「じゃあ眼鏡を作ろうよ」という話になって、母がパートの休みの日に合わせて連れていってもらったのだ。

帰りに駅前でドーナツ買っていこうか。たしかそんなことを話していた。

「ただ眼鏡を作るだけ。そんな心づもりだったんです」

だからやけに時間のかかる検査を終えたあと、二ノ瀬の視力の低下は一般的なものでなく、のちに見えなくなる未来が待っているかもしれないという医者の所見《しょけん》に、はじめは二人そろってなにを言われているのか理解できなかった。

時間をかけて説明を繰り返され、医者の言っていることに理解が追いついた時、二ノ瀬は隣で号泣する母をぽかんと見つめていた。

後日、町医者が書いてくれた紹介状を持って専門の病院で診てもらった。そこでさらにくわしく調べてもらっても、「視力は眼鏡で見えるようになるものではないだろう」と告げられた。

帰宅し、普段は口数がすくなく温厚な父にこのことを報告したら、「藪《やぶ》医者だ」と、めずらしく声を荒らげた。

母はまた泣き崩れ、当時高校二年生だった四つ上の活発な姉の奈緒は、顔中を涙で濡《ぬ》らしながら嗚《お》咽《えつ》した。

楽しいはずの週末の夕食前に自分のせいで暗い雰囲気になるのが嫌で、二ノ瀬はことさら明るく言った。

『どうにもならないことは考えても仕方ないし、みんながいるから、見えなくなっても僕は不幸にはならないと思う。うん、大丈夫だよ、きっと』

ある日突然、見えなくなるわけではない。

ゆっくりゆっくりと、それはまるでリハビリのように体が見えない世界に慣らされていく。完全に視力がなくなるまでに時間の猶予があるから、その感覚を受け止めながら、将来を考えながら、この先できることはたくさんあるはずだと思った。

「怖くなかった？」

日根野谷の囁《ささや》くような質問に、小さくうなずく。

「それでもあの時、わたしが取り乱さずにいられたのは、家族のみんなが自分の代わりに悲しんでくれたおかげだと今では思っています」

ひとり落ち着いている二ノ瀬に母は、「うちの末っ子は肝が据わってる」と言った。父はくくく、と笑い、奈緒は「それもそうだね」と軽い口調で言った。みんな本心から納得してくれていたのかはわからないが、二ノ瀬の考えを尊重してくれようとした優しさはちゃんと伝わってきた。

「いつか見えなくなってしまう家族たちを、その日から毎日目に焼きつけました」

大切なものを忘れないように。記憶の中に仕舞った。

二ノ瀬自身、徐々に目が見えなくなっていく日々が怖くなかったわけではない。けれどどんな小さな心配事も、家族には決して打ち明けなかった。自分の体をいちばんに気づかい、ひとことの不満ももらさずサポートしてくれる家族にはこれ以上の負担をかけてはいけないと、いつも不安の種を隠して気丈に振る舞った。

「それから月日が過ぎて、高校二年の冬の朝に、窓の外の景色が雪だということはわかったんですけど、その時にはもうなにも見えなかったんです」

前日との視力の差はわからなかったが、見えないと自覚したのはその日がはじめてだった。

まだ父も奈緒も起きていない早朝。階下から聞こえるまな板と包丁のぶつかる音を頼りに、裸足でひたひたと木の感触のする階段を降りた。

母に「見えないみたい」と告げると、一瞬、まな板と包丁の音が止んだ。数秒後、やわらかい声で「そう」とひとこと。またすぐに音は再開された。

母の返事を聞いて、二ノ瀬もいつも通り朝の身支度をはじめた。

それまで支援施設に通って積み重ねてきた日常生活の動作訓練のおかげで、家内でどのように行動すれば危険がないか、よくわかっていた。家族と声をかけ合い、問題があると話し合う。二ノ瀬自身の努力と、周囲の理解の噛《か》み合った結果だった。

「先生は高校卒業してこっちに来たの？」

「ええ。鍼灸師になりたかったので」

視力を失った二ノ瀬が家を出て東京でひとり暮らしをしたいと申し出た時、家族ははじめ、絶対だめだと言って譲らなかった。それは二ノ瀬が高校三年になり、進学先を決めるころのことだった。

ずっとここで暮らせばいいと言う母の涙声の反論に、父も姉ももっともだと賛同した。

実家の長野を出て、視覚障害者が鍼灸を学べる東京の大学に行くのは、そこで資格を取って将来鍼灸師として開業するための第一歩だと、二ノ瀬は根気よく説明した。

あん摩マッサージ指圧師、はり・きゅう師の「あはき業」はかつて、視覚障害者のための職業というイメージが強かった。けれど二ノ瀬は、目が見えなくなったことでこの仕事を目指したわけではない。

母は昔から肩こりがひどく、調子の悪い時は頭痛や吐き気を催すような人だった。

いつも陽気な母が額に手を当てて項垂れているのは、肩こりの時。それはまだ小学校低学年と幼稚園児だった幼い姉弟もちゃんとわかっていて、母が肩こりでつらそうな時は、二ノ瀬は奈緒と競って母の肩叩きをする権利を奪い合った。

『お姉ちゃんのはちょっと痛いね。唯史は上手だね。ちょうどいいよ』

いつか母がこんな感想を述べたので、奈緒は不貞腐れて「唯史は力が弱いだけ」と捨て台詞《ゼリフ》を残し、その後の母の肩叩きの権利を二ノ瀬に譲ってくれた。

だから鍼灸師になりたいと言った二ノ瀬に、「なるほどね」と真っ先に納得してくれたのは奈緒だった。さっぱりとした性格の姉は、「唯史がやりたいならやらせてあげれば？」と味方になってくれた。

そして味方はもうひとり。

幼なじみの一平が東京の大学に進学を決め、近くに住んで二ノ瀬の様子を見てくれると言ってくれたので、両親も最後は納得して送り出してくれた。

その後東京の大学を卒業し、就職先の鍼灸院で修業を積んだのち、二ノ瀬鍼灸院をかまえたのは今から四年前の二十六歳の時である。開業から四年をかけ、のどかな街のこぢんまりとした鍼灸院は徐々に常連客を獲得して今に至る。

「それで、先生は夢を叶《かな》えて経営を軌道に乗せたってわけだ」

「今では親が心配しない程度には、食べていけるようになりました」

日根野谷に過去を洗いざらいさらけ出したら、なんだか不思議とすっきりした。

「じゃあ先生がこの仕事に就いて、今はお母さん喜んでるんじゃない？」

「ええ。息子が鍼灸師になってくれて良かったと会うたびに言っています。この前も、今度の正月くらいは帰省しなさいね、ってメールが来てました」

もんでもらうの楽しみにしてるから、絶対帰省しなさいね、ってメールが来てました」

「アハハ、なにそれ。めちゃくちゃいい家族じゃん」

「はい、うちはたしかにいい家族です」

家族には本当に感謝をしている。

気持ちを隠さず伝えてみたら、日根野谷がふはは、と笑った。隣から伝わる空気でバカにされたわけじゃないとわかったから、二ノ瀬も一緒になって笑った。

「じゃあ先生に問題。顔を前に向けて、そのまま」

「なんでしょうか」

何事かと思いつつ、言われた通り視線をまっすぐ前に向ける。

「今目の前にある俺の指、何本立ててるかわかる？」

「うーん、わかりませんね。指と言われてなければ、目の前にあるのが指かどうかもわかりません」

「じゃあ、俺たちが座ってるベンチの色、何色かわかる？」

「うーん。赤っぽいのかな、オレンジとか？　暖色系だと思いますが、色もほとんどわかりません。わたしは全盲なので」

「そうなんだ」

日根野谷が妙な質問をするのは、二ノ瀬がどのように見えているかを率直に知りたかったからのようだ。家族以外の晴眼者とこんなふうに視力に関する情報を共有することもはじめてのことだったので、新鮮な気持ちになった。

「じゃあ次、先生は恋人いる？」

またクイズのような質問が来るのだろうと気をゆるめていたところに、思わぬ角度から鋭い問いを投げかけられて、体が緊張でかたまる。

「い、いませんが……」

「どのくらい？」

動揺を押し隠して答えると、さらに突っこんだ質問を返された。

期間を尋ねられて自動的に遡《さかのぼ》った記憶が、高校時代のある一点で止まる。

視界が暗くなっていく不安を家族や一平に相談できずにいたあのころ、差し伸べられた手があった。

初恋の相手の手だった。その小さな手を握り返してつながった関係は、ずっと続くものだと信じていた。しかし、恋の甘さと安堵《あんど》に浸っていたら、その手は最後、二ノ瀬を谷底へと突き落とした。

当時の記憶が一瞬で脳内を埋めつくす。いつまで経っても薄れてくれない痛みをともなった思い出から、二ノ瀬は苦笑しながら意識を逸らした。

(あれから十年以上も経つのにな……)

そのあいだ恋人がいないと正直に言ったところで、気軽に問いかけた日根野谷を困らせるだけだ。

「もうずいぶんいませんね。日根野谷さんはどうですか？　モテるんじゃないですか」

のどかな休憩時間に水をさすような自分の恋愛話を聞かせるより、日根野谷に話を振ったほうがいいだろうと思ったのだが、なぜか隣からも緊張した空気が伝わってくる。

「あー……、俺はあんまりいい話がないから……」

いつもの日根野谷らしくないあやふやな答え方に、これ以上踏みこんではいけない話題なのかもしれないと感じ取った。二人して微妙な空気を作ってしまったことでしばらく沈黙が続いていたが、日根野谷が流れを変えるようにポン、とひとつ手を叩いた。

「先生、最後にこっち向いて」

唐突になんだろうと思ったが、日根野谷の声が元の明るい雰囲気を醸し出していたので、真正面を見ていたところから指示通り、右隣に顔を向けた。

「今目の前にあるの、なにかわかる？」

「日根野谷さんの顔です」

「えっ、即答？　なんでわかったの？」

「声がこんな間近から聞こえてくれば、さすがにわかります」

先ほどまでの気まずい雰囲気を壊すようなあまりにバカバカしいやりとりに、二ノ瀬は思わず笑顔になって両手を上げた。

「日根野谷さんの顔、さわってみてもいいですか？」

ふいに、手で触れて、目の前にある日根野谷の顔を知りたくなった。

見えなくなってからは人の見た目のことが気にならなくなっていたが、日根野谷に対してはなぜか、存在を確認して、体感したいという気持ちが自然と湧いた。

「え、あー……、うん。どうぞ」

（困ってる……）

触れられるのが嫌なのだろうか。戸惑いの見える日根野谷の返答を聞いてすこし迷ったが、自身の触れたい欲求が勝ったため、二ノ瀬はそのまま両手を目の前の頬に押し当てた。

「すこし、冷えてますね」

「だって、今日、寒いから」

さっきより緊張を含んだ日根野谷の声が、頬を包みこむように触れた手のひらに振動となって伝わってくる。慎重に親指を目の下ですべらせて皮膚の張りをたしかめ、くすぐったいという日根野谷を無視して、いつしか夢中になって顔じゅうをぺたぺたさわっていた。

「ちょ、先生、ストップ！」

「日根野谷さんって、かっこいいんですね」

今までは一平からの情報や日根野谷と会話した時の感じからモテそうだと思いこんでいたが、実際顔に触れてみるとよくわかる。肌は張りがあってすべらかで、鼻筋は高く通っており、頬骨の高さや顎《あご》のシャープなラインなどから、男らしい造りをしているとわかる。

二ノ瀬はこめかみから手を奥に差し入れ、髪にも触れた。

（かたいなぁ）

自分のやわらかな髪質とは違う一本一本に芯のある感じをたしかめていると、さわることのできる表面だけでは満足できなくなってきて、日根野谷の中身のことも知りたくなった。

「日根野谷さんは実家暮らしですか？」

「え？　いや、ひとり暮らしだよ」

「何人兄弟ですか」

「さ、三人だけど」

兄弟のことを知ると、両親のことも知りたくなる。実家の話も、日根野谷自身の話も、彼がどんなふうに育ったのか、外国語はどのくらい話せるのか。

「ちょっと、な、なにこの状況！」

顔や髪にぺたぺたさわりながらいろいろな質問を投げかけていると、日根野谷が不安げな声を上げた。

「先生、さわり過ぎだって」

自分の中に知らなかった日根野谷の情報がどんどん溜まっていく嬉しさに夢中になっていたが、行為としては怪しさ極まりないと冷静になった。

「ごめんなさい、馴《な》れ馴《な》れしかったですね」

「いや、そういうことじゃなくてさ……」

その時、弱ったような日根野谷の声に混じって、小さな音の連なりが聞こえた気がした。

「ん？」

「こ、今度はなに、先生」

ふたたび、音の気配がした日根野谷の胸元に耳を寄せる。

「音楽が聴こえませんか」

「あ、ごめん、消し忘れてた。俺のイヤホンの音もれかも」

「どんなものを聴かれてるんですか」

「あー……、ピアノ曲だけど」

イヤホンを耳に挿しこまれ、流れてくる物悲しい旋律にしばらく聴き入った。

「懐かしい……」

うっとりと呟くと、音楽が耳から離れていく。

「先生、この曲知ってる？」

「ええ。昔ピアノを習っていたので。これはわたしが最後の発表会で弾いた曲です」

「え、マジ？　先生これ弾けるの？」

「今はもう弾けませんよ。辞めて十五年も経ちますから」

興奮した様子の日根野谷に苦笑しながら、目が見えなくなる過程でピアノを辞めてしまった話もした。

「ピアノは目が見えなくても演奏できる楽器ですが、視力が低下する病気が発覚したのと高校受験が重なって、受験勉強と点字の勉強を同時に進めながら、機能訓練を受けるための支援施設にも通うことになったので、家族と相談して辞めることにしたんです」

「そうなんだ。嫌いで辞めたわけじゃないんだったら、今からまたはじめたらいいじゃん」

「趣味としてはいいのかもしれませんが、今から練習用に高価なピアノを買う勇気はないですし、実家には十五年も調律をしていないものがありますが、それを送ってもらうのも大ごとですし」

「十五年も調律してないってことは、今は誰も使ってないってことだよね。それなら送ってもらいなよ！」

あまりに日根野谷が必死に言い募るので、二ノ瀬は首を傾《かし》げた。

「どうして日根野谷さんは、わたしにピアノを弾かせたいのですか」

「だって先生、絶対ピアノ似合うじゃん。俺の好きな曲を先生が弾いてる姿が見たいじゃん！」

自分がピアノを弾く姿を見たいというのはよくわからなかったが、それよりも日根野谷の音楽の趣味の意外さに今さらながら驚いた。

「日根野谷さんは普段、こういった静かなクラシック音楽をよく聴かれるのですか」

「……似合わないって言いたいんだろ」

「や、まあ……、そうですね。意外でした」

先ほど「思っていることを言ってくれたほうが嬉しい」と言われたことを思い出して正直に告白してみたところ、「やっぱりな」と日根野谷があっさりした口調で返してくれたので、気を悪くさせていないとわかりほっとした。

「俺にだってね、繊細な部分はあるんだよ」

「失礼しました」

頬をゆるめて謝罪をすると、誠意が全然足りないと怒られた。

「自分にはクラシックなんて不似合いだってわかってるけど、好きなんだからしょうがねぇじゃん」

音楽の蘊蓄《うんちく》など語らず、ただ好きだと不貞腐れながら主張する日根野谷のまっすぐさがかわいくて、二ノ瀬は笑みを深めた。

「わたしも、好きです」

しばらく沈黙が流れたのち、日根野谷が「うん」とひとことだけ返した。その後はまた静かになり、のどかな公園の音を聞きながら、二人で昼食を済ませた。

「午後からもお仕事がんばってください」

言ってしまったあと、日根野谷はがんばれと言われなくてもがんばる人だと思い直し、「ほどほどに」と付け加えた。

「先生もね、ほどほどに」

公園を出て駅に着くと、日根野谷に携帯電話の番号とメールアドレスを尋ねられた。

このあとは互いに仕事があるため別れなければならないが、過ごした短い時間が楽しかったため、若干の離れがたさを感じていたところだった。

そんなタイミングで連絡先を聞かれたことが嬉しくて、二ノ瀬は迷うことなくリュックから携帯電話を取り出した。


公園から帰宅後、午後からやって来た常連の患者に、「先生今日は機嫌がいいね」と言われた。そわそわしている自覚があったため、二人目以降の患者の前では気を引き締めた。

閉院後に掃除を済ませ、二階の自宅に上がると、いつもはすぐに夕食の準備に取りかかるのだが、今日は真っ先に携帯電話を手にした。

長年愛用しているスマートフォンは、その形と重みが手によくなじんでいる。大学時代の視覚障害者の友人の中には、いつも最新の機種を持ち、晴眼者と同じようにいろいろな機能を使いこなしている者もいたが、二ノ瀬は電話とメールが使えれば十分だった。

慣れた操作で電話帳を呼び出す。二ノ瀬のスマートフォンには、指で画面をなぞると触れた先になにがあるか音声が読み上げてくれる、視覚障害者用の機能が搭載されている。この小さな機械の中にはつい先ほど、新たな連絡先が加わった。日根野谷の名前がそこにあることを音声でたしかめ、ゆるんだ口からふっと息をもらした。

ひさびさに増えた連絡先が、日根野谷であることが嬉しかった。はじめはすこし感じの悪い男だと思っていたが、打ち解けると遠慮のない日根野谷のまっすぐさが好ましかった。

（これからは、気が向けばいつでも日根野谷さんと連絡が取れるんだ……）

手の中の機械ひとつで、日根野谷と自由につながることができる事実に今さら感動を覚えた。この関係は、ただの患者と施術者から一歩友達に近づいたと言えるだろうか。

日根野谷と自分が友達になった状態を想像してみる。三十前後の男同士で友達になると、どんな感じだろう。

たとえば、今までひとりで過ごしていた時間に日根野谷と会って一緒に出かけたり、お酒を飲んだりするのだろうか。まだ知らない新しい日根野谷の情報が、関係が深まるごとに自分の中に蓄積されていくのだろうか。

想像しただけでわくわくした。

（日根野谷さんと友達になれたら、毎日が楽しそうだ……）

めずらしく誰かとつながりたいという積極的な欲求が生まれ、日根野谷にはじめてのメッセージを送ってみようと思った。だが浮かれた気分でメール作成画面をひらいた時、ふと脳内に黒い影がよぎった。

『本当にあの人、めんどくさいんだけど』

憎悪を隠そうともしない高校時代の彼女の声を思い出す。

今日公園で日根野谷に恋人の有無を聞かれたことで、普段はかたく閉めている記憶の蓋《ふた》がひらいてしまっていたのかもしれない。十年の月日を経ても霞《かす》まない高校時代の思い出が、指先を携帯電話の画面から離した。

その時、メールの着信音が鳴った。驚きつつ受信箱をひらいてみると、日根野谷からメッセージが届いていた。

『さっそく送ってみた』

件名はなく、音声が読み上げたのはそのひとことだけ。

「ふ、ははっ」

二ノ瀬は一気に脱力して、気の抜けた笑い声をもらした。

日根野谷の気負いのなさが、脳内から懸念を吹き飛ばした。なにげないことでも伝えたいことがあれば伝えればいい。そんなことを言われた気がした。

(この人は信じても大丈夫だ)

恋愛と違って友情を育むことは、怖がらなくていいんだ。

『これから…よろしく……お願いします』

不安の消えたおだやかな気持ちでメールを作成し、音声で文字入力に間違いがないかたしかめて送信すると、二ノ瀬は気分よく夕食の準備に取りかかった。

眠る直前、ベッドに入ってもう一度メール画面をひらいてみた。日根野谷から『こちらこそ』というまたひとことの返信が来ていたのと、一平からも一通届いていた。

『最近どうしてる？　日根野谷またそっちに行っただろう』

タイミングよく日根野谷の話題だったので、頬がゆるむ。

一平には日根野谷と友達になってみればと言われていた。もう来ない人だからと答えて一平とはあの日別れたが、その後、鍼灸院を再訪したことを日根野谷から聞いていたようだ。

『今日、日根野谷さんと連絡先交換した』

送信するとすぐさま『なにその急進展』と返ってきて、二ノ瀬は布団の中でくすくす笑った。

自分でも驚いている。目が見えなくなってから、晴眼者とこんなふうに距離を縮めることははじめてのことだ。

『良かったな。日根野谷と友達になれたっぽいじゃん』

（なれたの、かな……？）

一平からのメッセージに、眠気を帯びた幸せな気分で『だといいけど。一平が紹介してくれたおかげだよ。ありがとう』と返信し、二ノ瀬はそのまま眠りについた。


十一月も半ばを過ぎ、今日は日中の気温も上がらず、ずいぶん冷えこんだ。

室内は十分に暖かくしているが、上半身裸でベッドにうつ伏せる五歳のユウタに寒くないか確認すると、「へいきへいき」と元気な答えが返ってくる。

「最近、かゆいのはどうですか？」

「だいぶましだよ。夜中にかかなくなってえらいね、ってママがほめてくれたの。ぜーんぶ先生のおかげ」

「ありがとうございます」

二ノ瀬は笑って答えながら、皮膚のやわらかい子供の背中にローラー鍼を撫《な》ぜるように転がしていく。小児ばりは皮膚に鍼を刺入しない。接触鍼といって、専用の器具で叩いたり転がしたりする刺激で十分に効果がある。

ユウタはアトピー性皮膚炎の治療で、二か月前から母親と一緒に週一回のペースでここに通っている。毎週水曜日の幼稚園が終わったあと、母親の運転する車でやって来る。そして母親はユウタの施術中、商店街まで夕食の買い物をしに行くのが決まりとなっている。

「こんにちは」

扉がひらいて、ユウタの母親が戻ってきたのかと思ったら、入ってきたのは先ほど急遽《きゅうきょ》予約を入れてきた日根野谷だった。めずらしく仕事が早く片付いたようで、午後からの数時間を有給にしてしまったらしい。外の明るい診療時間内に日根野谷がやって来るのは今日がはじめてだった。

「あ、日根野谷さん、こんにちは。すみませんが、すこし待ってもらってもいいですか？」

「うん、いいよ。それよりその子、何者？　先生の子？」

「そんなわけないでしょう。彼は患者さん、ユウタくんです」

二ノ瀬は背後でソファに座ったらしき日根野谷の冗談をかわしつつ、施術を終えたユウタに服を着せた。

先月、駅の向こうの公園でばったり会ってから、日根野谷は今日を含めて三度来院している。そして彼が来ない日も、毎日メールが届くようになっていた。

その内容は日常の些細《ささい》なことで、今日は後輩にランチを奢《おご》ったとか、五日分まとめて洗濯をしたとか、疲れてビールが飲みたいけど明日のためにソーダ水で我慢するとか。

二ノ瀬のほうも返信する時になんてことないことを伝えていた。洗濯は毎日していること、ひとりでは飲酒をしないこと、普段は季節に関係なく温かい飲み物をよく飲むこと。そして今まで使ったことのなかったカメラ機能で、うまく撮れているかわからない料理の写真を送ることもあった。

一度電話で話した時は、クラシック音楽の話題で盛り上がった。二ノ瀬はその翌日に商店街のＣＤ

ショップで、以前、公園で日根野谷が聴いていたピアノ曲の入ったアルバムを取り寄せてもらって購入した。ひさびさにじっくり聴く音楽は耳に心地良く、これを日根野谷も聴いているのだと思うと、旋律が流れるたびに同じ時間を共有しているようで嬉しくなった。

日根野谷との距離が、以前より近くなっている感覚はあった。けれどこの関係が友達といえるかどうかは、二ノ瀬にはまだわからない。

日根野谷とそうなりたいと思っているが、久しく同年代の新しい友達ができていなかったせいで、どこまで仲良くなれば友情が芽生えたといえるのか見当がつかない。

一平は以前メールで、『友達になれたっぽいじゃん』と送ってくれたけれど、日根野谷自身は今、自分との関係をどのように感じているのだろう。気になるけれど聞く勇気はない。不自然に尋ねて微妙な反応を返されたら、落ちこみそうだ。

（日根野谷さんとの距離が近づいたっていうのに、贅沢《ぜいたく》な悩みだな）

二ノ瀬は小さな不安を胸に仕舞うと、簡易キッチンで白湯を用意してソファに座る二人の元に戻った。

「ユウタは今日ひとりで来たのか？」

「ちがうよ。ママと二人。ママは夜ごはんのおかいものに行ってるの」

どうやらこちらの二人のほうは、すっかり打ち解けているようだ。

「ユウタくんのお母さん、もうすぐ戻ってくると思うんですが……」

「え、なに育児放棄？　ユウタおまえ、捨てられたんじゃないのか」

「ママはわるい女じゃないぞっ」

ユウタが、ママがいかにいいママかという力説をしているのを微笑ましい気持ちで聞いていたら、彼の話はいつしか先生はすごい先生だという内容に変わっていった。

「オレ、はじめははりされるのが怖かったけど、先生はやさしいし、全然いたくないんだ。それに先生はママのおともだちのこしがいたい病気をピタッとなおしたし、ママもにのせ先生は大きな病院の先生たちとちがって、ちゃんとしんけんに話をきいてくれるって、いっつもほめてるんだから」

「嬉しいです。ありがとうございます」

一生懸命話してくれたユウタに、二ノ瀬は照れながらもきちんと礼を言った。

「先生は俺の不調も治してくれるぜ。マジすごいよな」

子供に張り合うように同調する日根野谷に、二ノ瀬は照れた顔をわざとゆがめた。

「日根野谷さんまで…。そんなほめてくれなくていいです」

「え、なんで？　俺にほめられたら恥ずかしいの？　先生、顔赤いよ」

赤いと指摘された頬を手で隠してソファに座る二人にくるりと背を向けたところで、ちょうどユウタの母親が戻ってきた。

「ただいま戻りました。お待たせしてすみません」

「いえいえ、おかえりなさい」

「ママ、おそいよー」

二ノ瀬の隣をすり抜けて、ユウタが母親の元に駆け寄っていく。

「ママ、またそんなに買ったの？」

「だって車で来たからたくさん積めるし、いいじゃない。それにこの商店街の食材も惣菜《そうざい》も、全部新鮮でおいしいんだもの。二ノ瀬先生に教えてもらったの、本当にどこもいいお店ばっかりです。ありがとうございます」

ユウタの母親は勢いよく腰を折ったのか、買った荷物の袋ががさがさと擦れ合う音がする。

「喜んでいただけたなら、わたしも嬉しいです」

二ノ瀬もにこりと小さく笑んだ。ユウタが荷物をいくつか持ってあげたようで、「その袋ユウタの好きなお肉屋さんのコロッケだよ」と母親に教えられて舞い上がって喜んでいる。

「じゃあまた来週もお願いします」

「はい、お待ちしています」

「先生バイバーイ」

扉を開けて親子を見送って院内に戻ると、待たせてしまった日根野谷からなにか物言いたげな雰囲気を感じ取って、二ノ瀬は頭を下げた。

「約束の時間が過ぎてしまって、ごめんなさい」

「それはいいよ、今日は時間があるし。そんなことより、先生って主婦受けも良さそうだなと思って。

不倫とか誘われたらどうすんの？　危なくない？」

「誘われませんし、危なくありません」

ここ最近の日根野谷は、二ノ瀬に対してこういった過保護な面を見せてくることがある。この前も閉院間際に帰る若い女性を外で見送っていたところに日根野谷がやって来て、過剰なサービスで相手を勘違いさせたらどうするの、と注意された。

恋愛経験に乏しいとはいえ、患者とのあいだの線引きはきちんとできているつもりだ。年上なのに自分はそんなに危なっかしく見えてしまうのだろうか。

「では、そろそろ施術に入りましょうか」

「あー……、今日は鍼はいいや」

腕まくりをして気合いを入れた二ノ瀬は、日根野谷の返答に首を傾げた。

「鍼はいいって……。そのためにやって来たのでしょう？」

「うん。でも気が変わった。俺、コロッケが食べたい」

日根野谷のあまりに無邪気な宣言に一瞬ぽかんとし、数秒後には吹き出していた。

「もしかして日根野谷さん、ユウタくんの好きな肉屋のコロッケが気になったんですか」

「……悪いかよ。ユウタのコロッケの残り香が俺の食欲を刺激するんだからしょうがないだろ」

子供っぽく不貞腐れる日根野谷がおかしくて、二ノ瀬は目尻に浮かんだ涙を指の甲で払った。

「まだコロッケの匂いしますか？　今は日根野谷さんの匂いしかしませんが」

「え？　俺の匂いってどんなの？」

尋ねられ、しばし考えた。

（どんな、って言われても……）

人にはみな、匂いがある。香水や洗剤などの香りに混じった、その人特有の匂いだ。目が見えなくなって嗅覚が発達したのか、二ノ瀬は人の匂いに敏感だった。

「日根野谷さんは、涼しいイメージですね」

近くに寄ると、夏の暑い日に竹藪の奥深くに迷いこんだような気分になる。

そんな映像を思い描きながら、自分は日根野谷の匂いを存外気に入っているのだと気がついた。カレーや甘い菓子のような瞬間的に人を幸福にする強い香りもあるが、気づかぬうちにじわじわと誰かを幸福にする香りもあるのかもしれない。

（いい匂い……）

そんなことを考えていたら、無意識に日根野谷に近づき息を吸いこんでいたらしい。うわっ、と驚く日根野谷の反応にハッとして、二ノ瀬は不自然なほどに距離を詰めてしまっていたことに気づいた。

「……っ、ごめんなさい」

「いや、びっくりしただけだから、大丈夫」

日根野谷は笑って収めてくれたが、瞬間的に顔が火照る。

（なにしてるんだ、恥ずかしい……）

自分のおかしな行動を打ち消すように、二ノ瀬は慌てて話を戻して提案した。

「じゃ、じゃあ、今から商店街まで一緒にコロッケを買いに行きましょうか」

「えっと、鍼灸院はどうすんの？」

「予約は日根野谷さんが最後ですし、一日くらい早仕舞いしてしまっても大丈夫です」

やった、という小声がしっかり聞こえて、二ノ瀬はまた吹き出しそうになるのをこらえながら熱をもった頬を力任せに擦り、日根野谷を外へと促した。


日根野谷とのんびり商店街を歩く。いつも散歩に出るのは昼休憩の時間帯なので、太陽が仕事を終えようとしている夕刻の街の、温かみのある光加減とどこからともなく漂ってくる夕餉《ゆうげ》の香りが新鮮だった。

「あれ、先生じゃないか。めずらしい時間に色男なんか連れて、今日はどうした？」

歩いていると乾物屋の前で声をかけられて立ち止まる。

「ヒラさん、こんにちは。今日は早く店仕舞いをして、彼とお肉屋さんまでコロッケを買いに行くところなんです」

「おっ、そちらは見ない顔だね。先生の友達かい？」

「あ、の………」

友達と言ってしまっていいのかどうか答えに迷っていたら、隣で日根野谷が「ええ」とあっさり肯定してくれた。

「いいねぇ。絵になる二人が歩いてるから、映画の撮影かと思ったよ」

乾物屋のヒラさんの冗談に笑いながら、内心では日根野谷に友達だと思ってもらえていた嬉しさを噛みしめていた。そんな二ノ瀬の心中を知らない日根野谷は、「ご主人こそ若いころずいぶんモテたでしょう」と返して、ヒラさんとの距離をひと息に詰めている。

「これ、なんですか？」

「兄ちゃん、よくぞ気づいてくれた。これは海藻類やら胡麻《ごま》やら桜エビやら、普段不足しがちな栄養がいっぱい入ってるから体にいいぞ」

日根野谷は、最近ヒラさんがはまっている自家製のふりかけに目をつけたようだ。

「普段自炊しないけど、ふりかけがあれば米炊くぐらいはするようになるかも。ひと瓶もらっていこうかな」

「毎度あり」とヒラさんの嬉しそうな声がして、会計の時にとろろ昆布のおまけをつけてもらっている。たった数分の滞在で日根野谷はヒラさんにすっかり気に入られ、別れ際には商店街で行われている福引の券を一枚多めにもらっていた。

「あと三枚」

乾物屋を過ぎて歩いていたら、隣で日根野谷がぽつりと呟いた。

「なにがですか？」

「福引券。今日が最終日。五枚で一回ガラガラが回せるんだって。一等は三泊四日お二人様熱海《あたみ》旅行。当たったら先生としっぽり温泉の旅か……」

「あと三枚福引券をもらうには、わたしたちはコロッケを何個買えばいいのでしょう」

くだらない会話をしながら、商店街をゆっくり進んでいく。昼間より人の気配を多く感じるのは、みんな会社や学校から帰って来る時間帯だからかもしれない。日根野谷は二ノ瀬を自然と歩道側に誘導し、人にぶつからないよう配慮してくれていた。こういうスマートなところも日根野谷のモテる要素のひとつなのかもしれないとぼんやり思う。

「さっきはありがとうございました」

「え、なにが？」

二ノ瀬の突然の礼に、日根野谷は驚いたようで隣で立ち止まる気配がした。

「乾物屋のご主人から、わたしのことを友達かと聞かれて肯定してくれたので」

「え、なんでそれでありがとうになんの？　俺たちもうとっくに友達だろ？」

改めて認めてもらえて、照れと安堵から頬が自然とゆるんだ。

「嬉しいです。ずっと日根野谷さんとの関係を友達って言っていいものかどうかわからなくて、不安だったから……」

素直に気持ちを伝えたら、「あーもう」と日根野谷がなぜか怒ったような声を出した。

「じゃあ今日から先生と俺は友達！　忘れるなよ」

「はい」

日根野谷の友達宣言が嬉しくて、こぼれる笑みを隠さずしっかりうなずいた。

その後、肉屋にたどり着くまでに鍼灸院の常連であるパン屋の奥さんとすれ違った。日根野谷は挨拶を交わすや初対面にもかかわらず彼女ともまたあっという間に打ち解け、余っているという福引券を一枚もらっていた。

「あ、そうだ、先生知ってる？　来週から二丁目のコインランドリー前の道で工事がはじまるんだって。三日間ほど道幅が狭くなるらしいから、駅の向こうに行く時は気をつけなね」

「はい。いつもありがとうございます。助かります」

住んでいる地域のこういった細かな情報は、常連客や街の誰かが逐一教えてくれるので本当に助かっている。パン屋の奥さんと別れ肉屋に着くと、夕食前だからか小さな行列ができていると日根野谷が教えてくれた。前に並ぶおばあさんらしき人とも日根野谷は順番が来るまでに仲良くなって、また一枚福引券をもらっていた。

今までは自分と話している時の日根野谷の声しか聞いたことがなかったので、誰かと会話しているのを客観的に聞くと、安心できる声質だな、と新鮮に感じた。日根野谷は二ノ瀬の想像外の発言が多いため、話す内容のほうに意識が向きがちだったが、こうやって落ち着いて聞いてみると抑揚のある中低音は耳なじみが良かった。

どうやら嗅覚だけでなく、聴覚の情報でも日根野谷に惹《ひ》かれているらしい。これではなんだか自分が彼と友達になりたくなるよう、はじめから仕組まれていた気さえしてくる。

広報の仕事柄か、日根野谷は人と仲良くなるのが上手だ。鍼灸院でのユウタから今前に並ぶおばあさんまで、老若男女問わず相手が誰であっても、日根野谷には自分をさらけ出す気さくさがあり、相手を受け入れる態勢が整っている。

そんな特性にもまた魅力を感じながら、きっと彼と友達になりたいのは自分だけではないのだろうなと、なぜだかすこし悲しい気持ちになった。

「日根野谷さんは世界中のどこへ行っても、誰にでも愛されて、誰とでも仲良くなってしまいそうです」

自分たちの順番が来てコロッケが揚がるのを待つあいだ、うつむき加減でそんなことを口にすると、隣で日根野谷がふっと息をこぼす。

「まあ職業柄か、広く浅い付き合いは得意なほうかな。逆に特定の誰かと親しくなることってあんまりないから、俺にとって先生は特別なのかも」

日根野谷の返答にわずかに生まれた悲しみがすっと抜け落ちたような感覚になり、沈んだ気持ちは一瞬で浮上した。

「揚がったよ、先生。お待ちどおさま。コロッケ十個ね」

からりと晴れた気持ちと同時にコロッケも出来上がったようだが、その個数に二ノ瀬は驚いた。

「じゅ、十個も買ったんですか！　日根野谷さん」

「うん。俺、五個は食べられるから」

そう言い張る日根野谷に、肉屋の主人が「若いって素晴らしいじゃないか」と喜んで、最終日で余っているからと福引券を五枚くれた。残り一枚で良かったところだったので、結果四枚余分になってしまいどうしようかと話していたところ、店の前で出会った数人の小学生に欲しいとせがまれ譲ることになった。

口々に礼を言って走り去る小学生たちを見送ったあと、店の横のベンチに座ってコロッケを食べた。揚げたては衣がさくさくしていて絶品で、二ノ瀬が二個食べるあいだに、日根野谷は宣言通り五個を平らげてしまった。

「さっきの話だけど」

「え……？」

さっきと言われてもなんの話か咄嗟にはわからず、隣に視線を向ける。

「俺が誰とでも仲良くなれそうだって話。今日の俺を見てそう思ったんなら、それは先生と一緒に歩いてたからだよ。先生がこの街の人たちに愛されてるから、一緒にいる俺もいい人だと思われたんだ」

時間差で思いもよらぬ称賛が返ってきて、二ノ瀬は照れつつも「ありがとうございます」と伝えた。

コロッケで喉がカラカラになったため、福引所の隣にある自動販売機で飲み物を買うことにした。見えないのでいつもの調子で適当にボタンを押そうとしたら、「先生それコーンポタージュだから」と日根野谷に慌てて止められた。

ウーロン茶で喉を潤し、日根野谷に促されていざ抽選器を回すと、ころん、と玉がひとつ落ちた音がした。

「赤だ！　赤は……五等なので、肉のタケムラの牛肉コロッケ引換券十枚分です。おめでとうございます」

係の女性の声が笑いをこらえるように震えていて、きっと日根野谷の持っている残ったコロッケの入った肉のタケムラのビニール袋が視界に入っているのだろうな、とおかしくなった。

「ねえちゃん、これ本当に一等の熱海旅行の玉、入ってるのかい」

どこの福引所でも聞いたことのあるようなヤジが、後方から飛んできた。係の女性は困るだろうと思っていたら、「もう出ましたよ」とあっさりした返答があった。

「ついさっき、小学生の団体さんが当てていきました」

「あ！」

日根野谷と二ノ瀬は同時に声を上げた。自分たちが譲った福引券で、あの小学生たちが熱海旅行を当てたに違いない。肉屋でもらった福引券で一等を当てた小学生たちと、コロッケを当ててしまった自分たち。

悔しいどころか、もう笑えて仕方なかった。隣で日根野谷もゲラゲラ笑っている。

今日、予定通り鍼を打って帰していたら、日根野谷のこんな元気な声は聞けなかっただろうと思うと、外に出てコロッケを食べて本当に良かったと思った。

帰りは夕闇になった。日根野谷はそのまま駅に向かわず、鍼灸院まで送ってくれるという。

歩きながらふと、日根野谷の普段の食生活が気になった。先ほどは自炊をしないと言っていたし、夕食代わりとばかりに好きなコロッケを五個も食べていたから、普段はどのような食事をしているのかと尋ねると、「あー」と苦り切った声を出し、頭をがしがしとかく音が聞こえた。

「怒られる覚悟で言うけど、三食外食っす。朝は、食べる時はコンビニでパンとかおにぎりとか。昼は時間ないから、だいたいラーメンか丼系かな。好きなのはとんこつ味と牛丼。夜は誰かと飲む時は居酒屋で、ひとりの時は立ち飲み屋かショットバーか、そんなとこ」

話を聞いているうちに眉間に皺《しわ》が寄っていくのを自覚していたため、日根野谷に顔が怖いと指摘されてもなにも言えなかった。

「食べたものが体を作るんです。時間がないからと手軽で好きなものばかり食べていたら、体がボロボロになりますよ。一食は自炊したほうがいいし、飲み過ぎもよくないです」

「飲むのは控えたいと最近思ってるんだけど、そんなことより俺、料理できないしさ。さっきふりかけ買ってみたけど、うちの炊飯器ずっと使ってないから埃《ほこり》かぶってるし、米炊けるかどうかすらわかんない」

日根野谷の弱気な声を聞いたら、だんだん心配になってきた。

今日はめずらしく診療時間内にやって来たが、いつも日根野谷が来院するのは二十時以降だ。それもやっと時間ができたといって来るのだから、普段はもっと残業をしていると考えられる。

自分は三食自炊ができる職場環境にあるが、日根野谷は自炊をすることで睡眠時間が削られてしまうような忙しい人間だ。ワーカホリックな日根野谷の体が壊れてしまう前に、友達として施術以外でもなにかできることをしてあげたいと思った。

「日根野谷さんのごはん、わたしが作りましょうか」

「え……？」

心配が先だって口をひらいていたが、さすがにこれは出しゃばり過ぎたと二ノ瀬は言った直後に赤くなった。それに男の手料理など喜ばれはしないだろう。

「あ、いえ、日根野谷さんがあまりに無理をされるから心配で、わたしになにかできないかと思ったんです。たとえば週に一度くらい、一緒に食事をしませんか。あの、日根野谷さんさえよければの話ですが……」

たじたじになりながら後付けの説明をしていると、日根野谷が「いいの？」と弾んだ声を上げた。

「週一で先生が俺のごはん作ってくれんの？　まじで？　めっちゃ嬉しいんだけど」

「いつにする？　土曜はどう？」とたたみかけられ、拒まれなかったことに安堵して、気づけば流されるようにうなずいていた。

「じゃあ決まり。さっそく来週からよろしくね」

毎週土曜の夜、鍼灸院の診療が終わったあとに、二ノ瀬の自宅で二人で食事をすることが決まった。

調理する手間や技術料として、材料費は全額自分に支払わせてほしいと日根野谷が申し出てくれた。

「あとそうだ、忘れてた。先生にこれあげる」

「……？」

自宅に到着したところで唐突に、日根野谷からなにかを握らされる。

「これは、名刺でしょうか。名刺なら最初の時にいただいたはずですが……」

分厚い紙のつるつるとした独特の手触りに覚えがあったから、以前もらったものだと思い、返そうとしたところで指先がよく知ったでっぱりに触れた。

人差し指をゆっくりと、紙の左から右にすべらせる。そこには二ノ瀬鍼灸院の名と電話番号が点字で記されていた。

「先生の新しい名刺、作ったんだ。点字の情報だけじゃなくて、印字もちゃんとされてるから」

「わ、わたしの名刺を、日根野谷さんが作ってくださったんですか？」

「うん。うちの会社のと紙の材質が同じものだよ。先生、前に俺が名刺渡した時、手触りがいいって言ってただろ？」

あの時はたしか、自分の感じの悪い発言のフォローとして、もらった名刺の手触りがいいとほめたのだ。そんな会話の中の些細なひとことを、日根野谷は律儀に覚えていたらしい。

「会社が発注してる印刷会社に点字の名刺を作りたいって問い合わせたら、うちではやってないけど、名刺に点字を刻印してくれる作業所があるからって紹介してくれたんだ」

「日根野谷さん、お疲れなのにそんなことまでしてくださって、大変だったんじゃありませんか」

「たいしたことじゃねーって。とにかく、俺がもらった先生の名刺は超だせーから、これに変えなよ。絶対こっち使ったほうが客増えるぜ」

「あ、わっ」

今度は両手をつかまれ、手のひらにどん、と束で名刺が置かれた。いったい何枚あるのだろう。落ちないよう慌てて受け止めているあいだに、日根野谷は「じゃあまた」とひとこと告げてあっさり帰っていった。

礼を言う間はなかった。

駅のほうへ駆けていく足音を聞いていたら、日根野谷の気づかいが嬉しくて鼓動がトクトクと静かに音を立てはじめる。彼のぶっきらぼうな優しさがじんわりと胸に染みてきて二ノ瀬の気持ちは温かくなった。

本来、誰かと一緒に食事をすることが苦手だった。家族や一平がいる場ではあまり緊張せずに食べられるが、基本的には誰にも迷惑をかけずに済むのでひとりで食事をするのが楽だった。前の職場では誘われても断ることが多かったくらいだ。

だからほとんど衝動的ではあったが、日根野谷を食事に誘ったことに自分でも驚いていた。

今まではなにか起こる前から失敗を想像して人との食事を極力避けていたのだが、今回はその心配よりも日根野谷の体の心配のほうが勝ったのかもしれない。

それに不定期でいつ来るかわからなかった日根野谷とこれからは毎週必ず会えるのだと思うと、単純に胸が高鳴った。

（友達相手に、なんでこんな興奮してるんだろう……）

二ノ瀬は自身の体の反応に苦笑しつつも、日根野谷と別れてしばらく経っても治まらない鼓動を持て余していた。

友人関係を築くこと自体が久しぶり過ぎて忘れていたが、新しい友達ができるとこんなに毎日が満たされた幸せな気分になるのだとうっとり思う。

日根野谷のためになにかをしたくなって、日根野谷が自分を思ってなにかをしてくれることがこんなに嬉しいなんて。

（この関係が、この先もずっと続けばいいな……）

そうしたら、自分の人生がひと回り豊かになる気がした。

自宅に戻るとさっそくもらった名刺を名刺ケースに詰め替えて、来週は日根野谷のためになにを作ろうかと、眠る直前までレシピを思い浮かべていた。

やけに長く感じた一週間が過ぎ、待ち遠しかった約束の土曜日になった。

二ノ瀬はいつもより一時間早起きして、念入りに部屋の清掃をした。そして昨日の昼休憩に商店街で買っておいた食材の下ごしらえを済ませてから、一階に降りて開院の準備に取りかかる。

仕事中はもちろん集中して患者に鍼を打ったのだが、なんとなくいつもより浮ついた一日だった。

鍼灸院の営業を終え、看板を片すため外に出ると、そこにちょうど日根野谷がやって来た。

「いらっしゃい、お待ちしていました」

「こんばんは。夜はもうだいぶさみーね。先生の吐く息が白い。俺のもだけど」

十二月まであとわずか。しんと冷えた空気が頰を切るように触れて、冬を感じる。プラス日根野谷からの視覚的な情報で、夜の闇と白い息のコントラストを脳内に描いた。

店舗の二階の住居に人を招くのは、一平と愛子以外では日根野谷がはじめてだ。ちょっと緊張しながら、日根野谷を部屋に通す。数分前から暖房をつけていた室内に入ると、体がほっとしてゆるむ感じがした。

二ノ瀬が食事の準備をしているあいだ、日根野谷はリビングのソファに座ってテレビを見ているようだった。部屋に入ってからは、なんとなくいろいろ聞かれる気がしていたのだけれど、日根野谷はバラエティ番組を見て時々大笑いしながら、「いい匂いしてきた」とか「お腹空いて死にそう」とか呟くだけで、自分から手伝いを申し出たり、特別なにかを尋ねてくることはなかった。

部屋を見たことがない常連の患者たちは、二ノ瀬が二階でどんな暮らしをしているのか心配したり興味を持ったりしてくれているが、実際に部屋を見た日根野谷は、まるで晴眼者の友達の家にやって来たみたいに寛《くつろ》いでいる。

「お、できてるじゃん」

「お皿、運んでください」

匂いにつられてキッチンまでやって来た日根野谷に、出来上がった料理を順に運ばせた。指示を出すと文句も言わずきびきびとキッチンとリビングを往復している様子だ。

「先生、早く」

急かされ、デザート用に切った柿を冷蔵庫に入れてテーブルへ向かう。

メニューは、牡蠣と卵のチリソース、レンコンの甘酢炒め、えのきだけの梅しそ和え、ゆり根のみそ汁に玄米。料理は得意なほうだが、調理に時間がかかってしまうため、チリソース以外のおかずは朝と昼休憩のあいだに完成まで作っておいたものだった。

「いただきます」

ぱちん、と音がして日根野谷が手を合わせたのがわかる。その「いただきます」から「おいしい」までの間隔が短過ぎて思わず笑ってしまう。

二ノ瀬も「いただきます」と手を合わせたが、ひとりの時と勝手が違うため、しばらくおいしそうに食べている様子の日根野谷を耳で観察していた。

「先生、食べないの？」

「あ、はい、いえ、……いただきます」

と言ったものの、右手に箸《はし》を持ったまま動かせない。

「あ、そっか。俺が並べたからどこになにがあるかわかんないよな。先生の右手のすぐ前にみそ汁、その左にごはん。チリソースはみそ汁の奥で、えのきとレンコンの小皿はごはんの奥」

「ありがとうございます」

「今のに礼は要らないよ」

さらっと言ったあと、日根野谷がみそ汁をすする音がする。二ノ瀬も椀の位置をゆっくりと確認し、左手に持って一口飲んだ。沈むゆり根を箸で探し、こぼさないよう慎重に口に入れる。

いつもは誰に気を遣うこともなくひとりでテーブルを広々と使っているが、今日はそのスペースが半分になっているため、持ち上げた食器をテーブルに戻す時にも他の食器にぶつからないよう気をつけなければいけない。箸で皿を探すさまは迷い箸のように見えるからやってはいけないし、ひとりの時は気にせずやっている小鉢やメインディッシュを持ち上げて食べるマナー違反は、今日は日根野谷がいるからできない。自分から衝動的に食事に誘ってしまったが、やはり普段のひとりでの食事と勝手が違うと緊張感が増す。

「先生、箸止まってる」

「あの、わたしはあとでいただきますので、日根野谷さんはゆっくり召し上がってください」

二ノ瀬は静かに箸を置いた。

日根野谷が晴眼者であるから、マナー違反をして彼の食欲を削いではいけないという考えよりも、今はただ単純に、日根野谷の前で粗相をしてしまうことが恥ずかしい。

（前まではなんとも思わなかったのに……）

公園でサンドイッチを食べた時も、一緒にコロッケを食べた時も、こんな感覚はなかった。もちろん手づかみで食べられるものとテーブルで箸を使って食べるものとではマナーの面で緊張感は違ってくるが、今直面している羞恥は日根野谷の正面で食事をすることに対する根本的なものの気がする。

「わたしは、食事のマナーを守れないので」

とりあえずそう言っておけば丸く収まると思ったが、即座に日根野谷から反論が来る。

「は？　なに言ってんだよ、自分の家でしょ、ここ」

「でも……、日根野谷さんが見ています」

「そりゃ見てるさ。見てぇもん、先生が食べるところ。欲望のままにガツガツ食おうよ。唇の端にケチャップつけようよ。食事のマナーってなに？　そんなの目が見える人間のルールじゃん。俺、中学入る前までヨーロッパに住んでたって言ったでしょ。それから日本に来て生活するようになった時、みんなが麺類すすって食べるのにびっくりしたんだよ。向こうじゃそれは下品な行為だから。でも日本人はうまそうに蕎麦《そば》すすって食べてるから、許されることって場所が変われば違ってくるんだなってその時思った。海越えて文化が変わればタブーも変わるような、そんな曖昧なものに振り回される必要なんてねーよ」

「……でもここは、日本ですから……」

小さく言い返すと、日根野谷はさらにたたみかけてくる。

「じゃあさ、両腕のない人が足で器用に食事してたとして、それがマナー違反だって誰が言えるの？　食事なんて、食べる人がそれぞれのやり方でうまいって幸せ感じてりゃいいんだから、先生は先生の好きなようにおいしく食えって」

力説する声に押されてなんとか手を上げてはみるも、日根野谷に見られていると意識すると、余計に箸に手をつけることができなかった。かといって手を下ろすこともできずかたまっていると、日根野谷が焦ったような声を上げた。

「ねえ、それ……、先生の左手の親指の付け根、なんか赤くなってない？」

声がさっきより近くから聞こえて、日根野谷がテーブルに乗り出し、自分の手のあたりを見ているのだとわかった。

「あ、ああ、あ、これは……」

それは調理中、熱した中華鍋にさわってしまったところだった。普段は火傷《やけど》などめったにしないのだが、今日は日根野谷が自分の部屋にいると意識したら炒めている時もやけに落ち着かなかった。失敗を知られたくなくて、さっきからすこしヒリヒリしていた部分を気にしないようにしていたのだ。

「もしかして、火傷じゃねーの？　なんかさわった？」

「……ちょっとだけ、鍋に」

「ばか！　言えよ！」

「ば、ばかって！」

「うるせー」

席を立ったらしい日根野谷がどかどかと足音を鳴らして、なにやらキッチンのほうへ向かっている。冷凍庫の引き扉を開ける音、まだばかばか言う声、氷を製氷機から割っている音。

しばらくして戻ってきた日根野谷に、タオル生地に包まれた冷たくかたいものを持たされる。即席の氷嚢《ひょうのう》だ。

「冷やして」

「こんなの大したことじゃない……」

「うるさい、冷やして」

日根野谷の放つ一音一音が、なんだか怒りでとがっている。

「先生ってこんなうまい料理作れるのに、ばかだ」

「……また、ばかって言いましたね」

「うん、ばかだよ。なんで俺に言わねぇの？　火傷した時にさ！　俺テレビ見てたよな。超ヒマだったよな。熱いって言えよ、ばか。いくらでも助けてやるよ」

日根野谷のとげとげした声は、怒りを残したままますこしずつ甘くなっていった。

火照った患部に冷たさがじんわり伝わってきて、氷嚢が効いているのを実感した。

かっこ悪いところを見られたくないと変に意識していた先ほどまでの自分が、本当にばかみたいだと思う。

（そうか……。日根野谷さんの前では、自分を飾らなくていいんだ）

彼を信じても大丈夫だという気持ちが、二ノ瀬の中でまた大きくなった。日根野谷の自分を思いやる気持ちが氷嚢の心地良い冷たさと一緒に体に染みこんでくるようで、胸がいっぱいになって泣きたくなった。

「日根野谷さんは、優しいですね」

思わず本音をこぼすと、「別に…」と照れたような声が返ってきて、二ノ瀬は泣きそうなのを我慢しながら表情をほころばせた。

「氷、冷たくて気持ちいいです。ありがとうございます。これから日根野谷さんの前では、無理はしないようにしますね」

日根野谷のほうを向いてしっかり気持ちを伝えたが、返事はなかった。

そのまましばらく無言が続いたけれど、それは険悪な空気ではなく、日根野谷からなにか伝えたいことを探しているような雰囲気が感じ取れたので、ただ静かに待った。

「この世界ってさ、目が見える人のものになってるよな。大多数の人間が、生きやすいようにできてる」

日根野谷の話題は唐突に変わり、話し出した口調は淡々としたものだった。

「前に先生がさ、歩いてる点字ブロックの上に放置自転車があることを教えてくれた人がいるって話したじゃない？」

「ええ」

　街で運よく助けてもらった時の話だ。

「俺、その話を聞くまで、自分の住む街から職場までのどこに点字ブロックがあるかも意識したことなかった。その上に自転車や車が停《と》められてることにすら気づかず暮らしてた。むしろ気にせず自転車なんか停めちゃってるような人間だったかもしれない。意識してはじめて、自分にとって住みやすい街は、自分以外の誰かにとって住みづらい街なのかもしれないって気づいた。この世界は目の見える人間にだけ優しいんだって」

　名刺の時と同じだ。日根野谷は二ノ瀬がなにげなく話したことをちゃんと覚えていてくれている。

二ノ瀬はそこから自分の思考につなげた。

「わたしも目が見えなくなる前まで、視覚障害者がどのように生きているのかなんて気にしたことはありませんでした。目の見える日根野谷さんが、自分のことのように障害を考えられるのはとても立派なことだと思います」

　日根野谷が言いたかったことが、なんとなくわかった。

　日根野谷にとって二ノ瀬は弱者ではない。日根野谷は見える世界に生きる、二ノ瀬は見えない世界に生きる、映る景色は違っても同じ世界を生きる対等な人間なのだ。その隔たりのない日根野谷の思いは、初対面の時から一貫してずっと伝わってくる。だから歳が近いからとか、一平の後輩だからとかそんな理由ではなく、日根野谷には遠慮なく言いたいことを言えて、一緒にいると居心地がいい。見える人にだけ優しい世界で、二ノ瀬が生きづらいのは当然のこと。だから無理をするな、困った時は頼れと、日根野谷は言いたいのかもしれない。

「とりあえず、今日は作法とか時間とか気にしないで食べようぜ。こんなにうまいんだから、一緒に食べたほうが幸せも二倍になるよ、きっと」

日根野谷の優しさに触れ、二ノ瀬は静かにうなずいて箸を手に取った。

見られている恥ずかしさや緊張はあるけれど、失敗しても日根野谷は笑ったりしない。粗相を見られたっていいじゃないか。そんな些事より、日根野谷と食事ができて同じ時間を過ごせる幸せのほうがずっと大切だ。

その後、冷蔵庫で冷やしておいた柿を食べながら、「やわらかいほうがうまい」「かたいほうがおいしい」と言い合い、二人で洗い物をして、今日の食事会はおひらきになった。

玄関に向かう日根野谷の後ろから、足音を聞きながらぶつからないようについていく。

「先生の部屋って広くてすっきりしてて、ずっといたくなるな」

前を歩く日根野谷の言葉を聞いて、今日、早起きして隅々まで掃除をしていた自分は、日根野谷にほめられたかったのだと気づかされた。

「どうしたの？　先生」

後ろで小さく笑う声が聞こえたのか、日根野谷が振り返る。

「いえ、日根野谷さんにそんなふうに言ってもらえて、嬉しいなって思ったんです。実は今朝、いつもより早く起きて一生懸命掃除をしたんです。だから居心地がいいと言われて、幸せな気分です」

正直に伝え、ふふ、と息をこぼすと、日根野谷からは返事がなく、沈黙が落ちた。

「日根野谷、さん？」

不安になって首を傾げると、「いや……」とどこか気まずそうな雰囲気が伝わってくる。

「きれいだよ、部屋は。そんなの一階の店舗見てたら想像できるから」

なぜか怒ったような口調でほめられてしまい、二ノ瀬はとりあえず「ありがとうございます」と告げてまた歩き出した日根野谷を追いかけた。

一階の玄関につくと、前回の名刺の礼がまだだったことに気づき、ひらいた扉から冷たい空気が流れこんできた瞬間に、慌てて手を伸ばした。腕をつかむつもりでいたが、角度が違って、胸に手をついてしまった。かたい胸板の感触にドキッとして、即座に手を引っこめる。

「ご、ごめんなさい」

「ん、いいよ」

自分からさわっておきながら過剰な反応をしてしまった二ノ瀬とは対照的に、日根野谷がふいの接触を気にせず落ち着いていることにほっとした。

「このあいだの名刺、ありがとうございました。なにが書かれているかは見られないけど、手触りがよくて気に入っています」

「デザインもいいから安心して」

「そのお礼なのですが、すこし待っていてもらえますか」

「え、うん」

簡易キッチンの冷蔵庫から瓶詰めを取り出し、用意しておいた小さな紙袋に詰めて日根野谷に渡した。

「レモンカードです」

「レモンカード？」

「甘酸っぱいジャムみたいなものです。朝、パンに塗ったり、お酒のおつまみでクラッカーにつけたりして召し上がってください」

「もしかして、先生の手作り？」

「はい。素敵な名刺のお礼が、こんなもので申し訳ないのですが」

「なに言ってんだよ。めっちゃ嬉しいってば。これって先生さ、俺が家で飯食うよう仕向けるために作ってくれたんじゃないの？」

二ノ瀬は静かにうなずく。

「ジャムだと塗るだけですし、簡単に食べられると思いました。日根野谷さんはお疲れなので、酸っぱいものや多少の甘いものが必要です」

鍼灸師モードで説明すると、日根野谷は「そうだね」と笑って同意しながら、髪にそっと触れてきた。

「……っ」

突然のことに言葉が出ない。日根野谷の手は、側頭を撫でるように上から下に下りて離れていく。

（な、に……？）

表面上はおかしな反応をしないよう努めた。けれどその裏側で、日根野谷に触れられた場所が熱を持ち、鼓動は確実に速さを増していた。

甘やかな手の動きが心地良く、思わずうるんだ目元を気づかれないうちに数回のまばたきでごまかした。

日根野谷の手が離れても、まだ心音はトクトクと速いリズムを刻み続けている。先ほど日根野谷の胸に触れた手のひらと、触れられた髪の一部だけがやけに熱い。体の中でそこだけが特別な場所になったような感じがした。

「手、ちゃんと冷やしなね。お大事に」

「……ありがとうございます」

「こちらこそ、ごちそうさまでした」

目の前で、日根野谷が頭を下げたのがわかる。なんの音も空気の揺れもなかったけれど、わかる。

いつもは年下で生意気なところもあるけれど、彼からは敬意とか感謝の気持ちとか、そういう大切なものを感じる。

「さよなら」と言い合って、日根野谷の去っていく足音を聞きながら、二ノ瀬は見えない背中を見送った。

数秒後、足音が聞こえなくなっても、凍える玄関先でぼんやりと夜の音を聞きながら、日根野谷は今ごろ商店街のどこを歩いているだろうか、駅に着いたころだろうか、としばらく想像していた。

家の中に戻ると、体はすっかり冷えきっていた。くしゃみが数回出て、慌てて暖房の温度を上げる。どうして真冬の夜に、日根野谷との別れを名残惜しんで、無人になった外に立ち続けていたのかと今さら反省した。

そしてふと、今しがたまでこの場所に日根野谷がいたのだと考えたら、胸の中がざわめきだした。

二ノ瀬は、先ほど日根野谷に触れられた瞬間の鼓動の高鳴りを思い出しながら、また微かに苦しくなった左胸に手を置いた。

（あれはいったい、なんだったんだろう……）

彼の優しさに信頼が深まり、幸せな気分になっていたところでの接触。それによって生じた胸のときめきと心地良さ。

もし、触れられた手が日根野谷のものでなかったら、あんなふうに気持ちが揺さぶられただろうか。

もしかしたら日根野谷の手だったから、体は反応したのかもしれない。

過ごした幸せな時間から接触に至る一連の流れが、ひとつの感情へとゆっくりと集結していく。

長年浸っていた心地のいい孤独の暗闇に、小さな灯りを見つけた気がした。その光は小さいながらもたしかな輝きをもって存在を主張する。

あたたかくて、どこか懐かしい光。

その光に自然と吸い寄せられそうになった時……。

「……っ」

決して思い出したくない感覚がふいによみがえった。

（そうだ、これって……）

ずっと遠くに突き放していた感情が、今、手元にある。

それは恋をした時の感じによく似ていた。

そのことに思い至った瞬間、ぞっとして体が震え出した。

二ノ瀬は首を横に振って、過去の恋愛と自分の中に芽生えかけた日根野谷への感情を切り離した。

（違う、そんなはずはない……！）

日根野谷は、絶対に失いたくない大切な友達だ。

ヒラさんの前で友達だと認めてもらった時、本当に嬉しかった。二ノ瀬の不安をあっさり解消してくれた、あの日のことを思い出す。

日根野谷は「忘れるなよ」と言った。自分が友達であることを忘れるな、と。

（日根野谷さんは、大切な友達なんだから。そのことを、絶対忘れちゃだめだ）

先ほど胸が高鳴ったのは、突然の接触にびっくりし過ぎて心臓が跳ねただけのこと。そもそも日根野谷は自分と同じ男なのだから、恋のときめきなどとは無縁の存在なのだから。

二ノ瀬はこの日、眠る直前まで、自分に言い聞かせるように日根野谷は友達だと心の中でしつこいくらい反芻《はんすう》していた。


二ノ瀬がこれまでの人生で誰かと付き合った経験は一度しかない。

それは高校一年の夏から二年の終わりにかけての約一年半のことで、それ以降はかたくなにひとりを貫いている。簡単に言ってしまえば、その一度の恋愛で深く傷つき、こんな悲しい思いをするくらいならひとりで生きていこうと誓った。

その一度きりの彼女とは、高校の入学式で出会った。二ノ瀬にまだ視力のあるころだった。席が隣で、校長の長い挨拶の時間に退屈した彼女が二ノ瀬の肩を叩いた。

『ねえ、名前なんていうの』

『二ノ瀬。きみは？』

『萌花《もえか》』

苗字で答えたのに、こちらから尋ねると名前で返されて最初は戸惑った。出身中学や得意科目などの情報を交換して式が終わり、教室に移動して決められた席に着くと、彼女は二ノ瀬の前に座っていた。

それから二人が親しくなるのに時間はかからなかった。萌花と、彼女と中学が同じだったバレー部の田臥《たぶせ》という男と、一平と二ノ瀬の四人で、校内ではいつも行動を共にするようになっていった。

二ノ瀬の視力が低下して徐々に見えなくなっていくことは、入学当初にクラス会で担任から知らされた。そのことはすぐ学校中の噂《うわさ》になり、入学してひと月も経たぬうちに、二百人に満たない同じ学年の生徒のほとんどが、二ノ瀬の視力についての事情を知ることとなった。

そんな有名人だった二ノ瀬は、学校の中では広く浅くモテていた。

自分では色白で男っぽさに欠ける貧弱な見た目が好きではなかったが、周囲の反応は目が見えなくなることから、病弱キャラ、守ってあげたい、というところにつながったようで、ミーハーな女の子たちがかたまりでしょっちゅう押しかけてきてはかまわれ、はじめのころは毎日疲労していた記憶がある。

そんな特殊なモテ方をしていた中で、二ノ瀬の目に萌花だけはまっとうに見えた。自分とちゃんと会話をしてくれて、見えづらくないかといつも心から心配してくれる。二ノ瀬と仲がいいということで、数人の女の子から嫌がらせをされたこともあったようで、二ノ瀬の中で自然と萌花は守ってあげるべき存在になっていった。

一年生の夏休み前に萌花から告白された時、断る理由もなく応じた。それから一年とすこし、二人の付き合いは続いた。

交際がはじまり、二ノ瀬と萌花の距離が一気に縮まると、それまで一緒に行動していた田臥と一平との四人の関係性は崩れていった。二人は交際を表面的には祝福してくれていたが、内心はどう思っていたのかわからない。

そして目が見えなくなっていく過程で、二ノ瀬は家族に言えない不安を萌花にだけは打ち明けるようになっていった。

家族は二ノ瀬の目が見えなくなるとわかった時、自分以上に悲しんで、絶望していた。

そしてそれは一平も同じだった。中学三年生当時、いつか目が見えなくなるかもしれないと打ち明けた時の、普段はおだやかな一平の凍りついた表情を今でもはっきり覚えている。身近な人たちを不安にさせた記憶というのは、月日が経っても消えない。

その時のことを思い出すと、家族や一平の前では日々不安や恐怖を感じている本心を吐き出すことができなかった。深い悲しみを乗り越え、視力を失うことに対する自分の前向きな決意を応援して、見えなくなる過程でどんなに迷惑をかけても、毎日泣き言ひとつ言わずサポートをしてくれる家族や一平に、不満や不安なんてこぼすことはできなかった。

けれど本当は、とても怖かった。日に日に視界が暗く閉ざされていくのを目の当たりにしていると、自分だけがこの世界から追い出されてしまいそうで不安で仕方がなかった。機能訓練によって体が見えない世界に慣れていくのと逆行して、心は見えているものに追いすがるように怯《おび》え、目覚めると見えなくなっているのではないかと考えては眠れない夜を過ごすこともあった。

そんな時、萌花が自分と世界をつないでくれた。

『怖くないよ、大丈夫。高校を卒業しても、ずっと一緒だよ』

舌足らずな萌花の声が、不安でしぼんだ心に温かい息を吹きこんでくれた。

『いつか完全に見えなくなったら、萌花が唯史の目になってあげる』

萌花は口癖のように会うと同じことを言っていた。萌花がいてくれさえすれば、心の闇を乗り越えられると思った。彼女の存在で悪夢は消え去り、彼女の言葉で不安の種は吹き飛ばされた。萌花は二ノ瀬にとって唯一の、心の支えだった。未来もずっと、そうであってほしかった。

そんな萌花の言動が変わったのは、高校二年の秋のはじめだった。夏休みが終わると同時に、隣にいる彼女が急速に冷めていくのを二ノ瀬は感じていた。

その夏、なだらかに低下していた視力が急に落ちた。そこまで順調に進んでいた機能訓練が、視力が落ちこんだせいで、実際の生活とうまく嚙み合わなくなった時期だった。

それでも唯一の支えを手放す勇気がなかったため、自分からは別れを切り出すことができず、会う回数が減っても、二ノ瀬はよそよそしくなった萌花と付き合いを続けていきたかった。

二年生の冬の日の放課後に、彼女がクラスメイトの女の子数人と話しているのを聞くまでは。

『本当にあの人、めんどくさいんだけど』

忘れ物を取りに戻った教室から萌花の声がして、二ノ瀬は反射的に扉の陰に隠れていた。

『でも二ノ瀬くんって、まだちょっとは見えてるんでしょ？』

『知らなーい。あんま見えてないんじゃない？』

興味がなさそうに萌花が答えると、数人いる女の子がみんなくすくすと笑った。

『だってあの人とは、昨日見たテレビの話もできないんだよ？　つまんなすぎ。みんなが彼氏とテーマパーク行ったたって楽しそうに話してるの聞いてたら、萌花悲しくなってくるよ。こっちはさ、一緒にどこか遊びに行ってもほとんど介護状態なんだもん』

『介護って！』

みんなで机をバンバン叩いているのか、派手な音と大きな笑い声が重なった。

『ほんとだって。デート中、萌花が手引いてあげてるんだから。それに最近、杖みたいなの持って歩いてるでしょ？　カレシが杖持ってるんだよ、杖。恥ずかし過ぎてありえない。おじいちゃんと歩いてるみたいでやだ』

『モエひど過ぎー！』

騒がしい笑い声が響いているはずなのに、二ノ瀬にはなぜか萌花の声しか聞こえなくなっていた。いつもは舌足らずな甘い声を出す彼女が、その日ははきはきと悪魔のように低い声でしゃべっていた。

『でもモエ、二ノ瀬くんと結婚したいってずっと言ってたじゃん』

『ああ、あれ撤回。勘弁して。儚《はかな》げな見た目で重病抱えてるっていうのがドラマの主人公みたいで興味持って近づいたけど、目が見えない人と恋愛や結婚なんて、絶対無理だから』

二ノ瀬はすり足で扉から後ずさり、教室から離れると、ほとんど見えていない廊下を全速力で走った。階段を降り、一階にたどり着くと男子トイレに駆けこんだ。個室に入り、扉に鍵をかけ、その場でしゃがみこむ。

心臓の鼓動はどくどくと激しく胸を突き、耳の奥でキーンと不快な金属同士が擦れるような音が鳴ると、しゃがんでいるのにぐらぐらと眩暈《めまい》がした。

胸の奥からこみ上げてくるものを、そのまま便器の中に二度、三度と吐いた。その後も吐き気は一向に治まらず、最後はからからになった喉から胃液ばかりが落ちてきた。こめかみから垂れる脂汗の滴が、ぎりぎり視力の残った目に、やけに美しく映った。

けれど最後まで、涙は落ちなかった。

この先完全に見えなくなっても、自分の目になってくれる人はいなくなった。そもそも萌花の言葉を信じて浮かれ、自分の闇の部分を押しつけて依存してしまったことが、彼女にとっては負担だったのかもしれない。

後日一平から、萌花が田臥と付き合いはじめたらしいと聞いた。二ノ瀬は「そう」とひとことだけ返した。二ノ瀬と萌花の交際は、表向き、自然消滅という形で終わった。萌花を奪われる形になっても、田臥を恨む気持ちにはなれなかった。けれど、恋人と友達をいっぺんに失ったことで悲しみは二倍になり、一時期は深く落ちこんだ。

三年生になるころには完全に目が見えなくなっていたが、萌花と田臥とはクラスが離れたので、気分はすこし楽になった。

ただ、自分は誰かの恋人として恥ずかしい存在で、恋愛対象ではなく興味の対象でしかないという考えは、一年経っても二ノ瀬の心根に植えつけられたまましぶとく育っていた。

不安を吐き出せば、それは相手の負担になる。白杖を持って歩いていれば、衆目《しゅうもく》を集める。恋人と一緒に歩いていれば、その視線は目の見えない二ノ瀬にとっては気にならないことでも、目の見える相手にとっては大きなストレスになる。

晴眼者にできることが、自分にはできない。同じ話題で盛り上がることができない。さみしい思いをさせて、最後には愛《いと》しかったはずの人に暴言まで吐かせてしまう。

一平は卒業後も、二ノ瀬の高校時代の恋愛の話はいっさいしなかった。今に至るまで、ずっと。自分の耳には入らない噂話や、萌花と田臥のその後の情報を知っているのかもしれないけれど、それがどんな内容であれ、一平はなにも言わず自分の中に留めておいてくれる。

一平にはどんなに感謝してもし足りない。そして今後絶対に、自分の恋愛の失敗が原因で、彼にまで負担を背負わせるようなことはしないと誓った。

その後の大学で出会った友人関係も、就職してからの人とのかかわりも良好だった。二ノ瀬の日常は、恋愛さえしなければずっと平和に続いていく。

二ノ瀬は今がとても幸せだ。一平や街の人たちに支えられ、日根野谷という新しい友達もできて、不満はひとつもない。だから今のおだやかな生活をすこしでも乱す要素は、全力で排除する。これ以上の幸せは望んでいない。この先もずっと大切な人とかかわりながら、恋をせず生きていく。

翌週の土曜も約束通り、閉院後に日根野谷が食事に来ることになっていた。

事前にメールで、今回は良かったら一平も誘いませんか、と二ノ瀬のほうから提案した。日根野谷からは了承の返事が来て、今日会社から二人そろってやって来る。

一平を誘うことを提案したのは、先週の二人きりでの食事を終えて、自分の中に日根野谷に対するときめきのようなものを感じたからだった。男友達相手にあってはならないような胸の高鳴りを思い出すと、次に日根野谷と二人きりで会ったら、さらに気づきたくない感情と対面しそうで怖くなった。

「唯史。これ、日根野谷からのお土産《みやげ》の地酒。冷蔵庫で冷やしておくぞ」

「うん、お願い。日根野谷さん、気を遣ってくださってありがとうございます」

「どういたしまして」

時間通りにやって来た日根野谷と一平をリビングに通し、ふと、日根野谷の土産の地酒は先週のレモンカードのお返しなのではないかと思った。

客の二人は二ノ瀬が調理しているあいだ、ソファに座って外国の旅番組を見ているようだった。日根野谷は前回のように腹が空いたと急《せ》かすことはせず、テレビに映っているらしい昔住んでいたというアイルランドの街並みについて、一平と話しながらのんびり寛いでいるようだ。

二ノ瀬は調理中、リビングから聞こえてくる二人の会話で、なぜか日根野谷の声のほうにだけ意識がいってしまい、そんな自分の耳に苛立《いらだ》っていたら、ついうっかり、持っていた包丁の刃先に指が触れた。

「っ、た……」

小さな声が出てしまい、咄嗟に包丁を置いて指を隠す。背後を振り返った瞬間、「どうしたの先生」と日根野谷が目ざとく異変に気づいて、近づいてくる気配がする。大した傷ではなかったが、隠したら先週の火傷が見つかった時のように怒られる気がして、彼にだけは伝えておくことにした。

「あの……、指をすこし、切ってしまったみたいです」

テレビを見ているらしい一平に心配をかけないよう日根野谷にこっそり耳打ちしたら、「え……」と焦ったような小声が返ってくる。

「と言っても、そんな大ごとではないのですが」

「どこ？」

「あ……」

覆い隠していた手を取られ、傷口が空気に触れるとひりついた。

「血が出てる」

どのくらい、と尋ねる間も与えず、傷口にやわらかいものが触れた。その接触による痛みはなく、覚えのある皮膚を引っぱられるような感覚とちゅる、という音に、一瞬なにをされているのかわから

ずぽかんとしたが、すぐに顔が熱くなった。

「ひ、日根野谷さん、放してください」

鼓動が急激に跳ねて大きな声を出しそうになったのを、慌てて小声に修正した。

「ああ、ごめん。思わず舐《な》めちゃった。先生、絆創膏《ばんそうこう》ある？」

「あ、あ、あ、あります」

つかまれていた手首を過剰な仕草で振り払うと、「また血が出るよ」と日根野谷に笑い混じりに心配された。

（今日は一平もいて二人きりじゃないのに、なんてことをするんだ。……というか、二人きりでもだめだけど……）

リビングにいる一平はテレビに夢中になっているのか、反応がない。一平に気づかれなくて良かったと思う反面、本当はこんなことは騒いで気づかれたほうが良かったのかもしれないとも思う。

二ノ瀬はキッチン内の救急箱のある棚をひらきながら、今になって指の傷が心臓になったみたいにどくどくと激しく脈打つのを感じた。日根野谷の唇が触れたのは、ほんの数秒だった。表面に浮きでた血液を吸われた程度のことなのに、動揺し過ぎだ。

救急箱の中から絆創膏を取り出し、紙の包装を解こうとするも指先が微かに震えてうまくいかない。焦っていると背後から近づいてきた日根野谷に、ひょい、と絆創膏が奪われてしまう。

「自分でできるので、日根野谷さんは一平とテレビの続きでも見ていてください」

振り返り、お願いだから、という気持ちをこめて訴えるも、相当必死な顔でもしていたのか、日根野谷が困ったような笑い声をもらした。

「これは俺にやらせて。もう変なことはしないから」

「安心して」と低くやわらかい声を耳元に吹きこまれ、ぞくっと背中が震えた。指先をまとめて引っ張られ、傷口にやわらかいティッシュのようなものがしばらく押しつけられてから、絆創膏がぐるりと薬指に巻かれた。

「先生って案外おっちょこちょいだね。他に、怪我《けが》はない？」

「……ありません」

日根野谷は二ノ瀬の両手をつかんで、引っくり返したり持ち上げたりして検分している。あれはひと月ほど前だっただろうか。公園で日根野谷に遭遇した時は、自分から無邪気に彼の顔にぺたぺたとさわっていた。けれど、今は触れても触れられても、あの時のように冷静ではいられなくなっている。

「さっきから二人でなにしてるんだよ」

リビングから一平の声が聞こえて、二ノ瀬は日根野谷の手から不自然に逃れて「なんでもない」と答えた。日根野谷に触れられて高鳴る胸の鼓動を、一平にとがめられたような気がした。

一平に指を舐められた経験は大人になってからはさすがにないが、絆創膏なら最近も貼ってもらった記憶がある。その行為は友達としてごく自然なものだったし、一平に触れられても今日みたいに心が揺れ動くことなんてなかった。

当たり前だ。友達なのだから。

（じゃあ日根野谷さんは……）

答えを出してはいけないと、二ノ瀬はそこから意識を逸らして日根野谷をリビングに帰した。その後は調理にだけ集中したせいで怪我もなく、三十分もするとテーブルに出来上がった料理と日根野谷が持ってきてくれた地酒が並んだ。

「いただきます」

三人で手を合わせ、乾杯した。二ノ瀬は普段ほとんど飲酒しない上、飲む時はグラスビール一杯で十分なのだが、フルーティーで爽やかな香りに誘われるように口をつけると、地酒はすっきりとして飲み口がよく、するすると喉に入っていく。

その後も注がれるままに飲み干していった。一平から「今日はけっこう飲むね」と指摘されたが気にせず、自分の中の向き合いたくない気持ちを振り切るように、ハイペースで杯を傾けていった。

「これさ、うちの妹が新潟《にいがた》の酒蔵で働いてるんだけど、そこから送ってくれたものなんだ。市場にはほとんど出回らない幻の酒なんだって」

「え、そんな貴重な酒を、おれたちなんかが飲んじゃってもいいのか」

「俺が先生と飲みたかったから、いいんです」

「おれとは飲みたくなかったのかよ」

日根野谷と一平が仲良さげに言い合っているのをぼんやり聞きながら、また空になったグラスに地酒を注いでもらって口をつけた。酒が回り、気分はだんだん良くなってきた。アルコールの力を借りると、考えたくないことを一時忘れていられる。三人でさんざん飲み食いをして、いろんな話をした。今日は一平がいることで日根野谷の仕事の話をたくさん聞けた。

楽しい時間はあっという間に過ぎて、気づくと二十三時になっていた。三十分前に愛子から一平のラインに『オレンジジュース買ってきて』というメッセージが入っていたらしい。

「やべっ、今気づいた」

「一平、先に帰って。愛子さんが待ってるから」

「唯史、大丈夫か」

気を遣って帰宅を促すとなぜか逆に心配されて、「なにが？」と問い返した。

「顔、すごく赤いから。飲み過ぎじゃない？」

指摘され、二ノ瀬は自分の頬に触れた。熱いような気もするし、そうでないような気もする。首を傾げつつ「平気」と答えると、「あれ酔ってるよ」と一平が日根野谷に小声で伝えているのが聞こえた。

たしかに酔っていた。その自覚はある。

自分の家なのでどんなに酔っ払っても問題はないが、ただひとつ気がかりなのは、アルコールで頭がいつもより惚《ほう》けているせいで、寝たら今日聞いた自分の知らなかった日根野谷の仕事の話を全部忘れてしまうのではないか、ということだ。

「あーあ、録音しとけば良かったな」

一平を帰したあと、ぽつりと本音のひとり言がもれた。

「録音って？」

「わたしはメモをとってもそれを読むことができないので、メモ代わりにボイスレコーダーを使っているんです。だから会話を録音しておけば、今日聞いた日根野谷さんの話をあとで忘れてしまう、心配もないなと、思いまして……」

話している途中から、自分が気持ちの悪いことを言っている気がしてきた。ただの酒の席の会話を録音してのちに聞き返すなんてことをされたら、一緒に飲んだ相手はたまったものじゃないだろう。しかも自分が残しておきたい会話は一平の話ではなく、日根野谷のことなのだとうっかり吐露してしまった。

言ってしまったことは取り消せないので、なんとかおかしいと思われないための言い訳を必死で考えていたが、酔いが回った思考ではなにも浮かんでこない。すると、日根野谷のくすぐったそうな笑い声が聞こえてきた。

「心配しなくても、忘れたら何度でも聞いてよ。俺は、先生が俺のことに興味持ってくれて嬉しいんだからさ」

（嬉しいんだ……）

そう言われて、喜んでいる自分にもやもやした。

「そうですね……。また聞けば、いいですね」

なんとか笑顔を取りつくろうも、鼓動はゆっくりと速度を増していく。

「俺もそろそろ帰ろうかな」

日根野谷が隣で立ち上がる気配がして、二ノ瀬もソファからゆらりと立った。足の底に力が入らず、よろけたところを日根野谷に正面から両手で肩を支えられる。

「大丈夫か、先生？　ベッドまで運ぼうか？」

「平気です。大丈夫、大丈夫」

ふらついた照れ隠しでへらへらと返事をすると、日根野谷が「全然大丈夫じゃないじゃん」と呆れ声で返してくる。頭が前後に揺れるのは、自分の意思でうなずいているのか、酔っぱらって自然と揺れているのか、もうわからない。

「ごめん、飲ませ過ぎたな」

「そんなことないですよ。わたしはまだまだ飲めそうです」

ちょっとふらつくぐらいで、気分は悪くないのだと伝える。

「それより日根野谷さん、終電は、ありますか？」

肩を支えられたまま、目の前にあるはずの日根野谷の顔を見上げ、視線を固定した。

酔っぱらった頭で、はて、自分はいったいなにを聞いているのだろうと思う。終電がないと言われたらどうするつもりなのだろう。

ぐるぐる回る頭で必死になって考えている顔がおかしかったのか、日根野谷がぶふっと吹き出した。

「俺はそんな酔ってないから、こっちの帰る手段のことまで心配しなくていいよ」

「だけど、終電がなかったら……」

日根野谷は心配するなと言ってくれているのに、まだこの話題に食い下がろうとする自分は今、なにを欲しているのか。

もし先に帰ったのが日根野谷で、ここに残っているのが一平だとしたら、泊まっていけばと気軽に提案しただろう。

(でも、日根野谷さんには言えない……、言えないけど)

違う意味で帰ってほしくないと思っている。

(終電なんか、なくなってしまえばいいのに)

そんな思いが心に浮かんだ瞬間、アルコールで麻痺していた脳内が、ざわざわと不穏な音を立てはじめる。

今、自分はなにを考えた？　どうして終電がなくなればいいと思った？

(日根野谷さんに、ずっとそばにいてほしいと思った……から)

急速に訪れた酔い醒めにともなって、日根野谷に対する自身の気持ちが以前のものとは明らかに変わりはじめていることに気づき、二ノ瀬は青ざめた。

「大丈夫だよ。終電なくなったらタクシーでもつかまえる。そんな泣きそうな顔されたら、泊まりたくても泊まれない」

まだ半分残っている酔いと混乱のせいで、最後のほうはなにを言われたのかわからなかった。日根野谷に寝室のベッドまで手を引かれ、気づくと丁寧に毛布と布団まで掛けられていた。

「今日はもうこのまま寝な」

言われて、そうだ寝てしまえばいい、と思った。

「おやすみ、先生」

「……みなさい」

早く、一刻も早く眠ってしまおう。

「鍵は？」と最後に聞かれ、布団からぬっと片手を出して「玄関の靴箱……」と指を差した。その腕がぱたん、と布団に落ちると同時に眠ってしまったので、日根野谷がそれをそっと毛布の中に仕舞ってくれたことを、二ノ瀬は知らない。


ひさびさに酔っぱらった食事会から今日で五日が経っていた。あの晩の日根野谷に対する言動や感情の変化をすべてアルコールのせいにして、二ノ瀬は自分の気持ちと向き合わずにここ数日を過ごしていた。

そんな時、連絡もなしにふらりと日根野谷が鍼灸院にやって来た。

「体の調子は悪くないんだけど、なんか急に先生に会いたくなってさ」

緊張しながら迎え入れた矢先にとんでもないことを言われ、取りつくろった笑顔が崩れかける。思わず一歩後ずさり、引きつった顔を隠すためにうつむいた。

「あれ？　もしかして先生のほうが体調悪い？」

「……！」

距離を詰められ、触れられる気配から逃げるように、無言で体を返した。そのまま奥へと進み、着替えを用意しながら、「友達、友達」と小さく唱える。

「では、ベッドに横になってください」

「え……、今日は問診とか脈取ったりするのは、なし？」

「……ええ、日根野谷さん、今日は体調が良さそうなので」

何度目の来院でも、患者の施術前に必ず簡易な問診と触診は行っている。けれど今は、日根野谷と向かい合って脈を診るために手首に触れると、自分の中で芽生えかけている感情が噴き出してしまいそうでまずい気がした。

着替えを済ませた日根野谷がベッドに上がったところで、二ノ瀬はそろそろと近づいた。

「では、うつ伏せになってください」

「腹にさわるやつは？　内臓の調子も診ないの？」

日根野谷は冷えの症状がひどいため、鍼を打つ前に毎回必ず腹診もしていた。けれどそれも今日は省く。

そして仰向けの状態で打つ、体の表側にある経穴の鍼も避けた。日根野谷の視界に入らないよう彼をうつ伏せにして、体の裏側だけに鍼を打ち、施術を早く終わらせようと思った。

「今日は、大丈夫です」

笑顔で言えたつもりだったが、そこからしばらく沈黙が落ちる。冷汗が垂れそうになったところで、日根野谷が「ふーん」と胸に一物があるような返事をして、しぶしぶうつ伏せになってくれた。

施術者として、こんなやり方はいけない。わかっているけれどどうしようもない。日根野谷を前にすると、自分の心が思い通りに動いてくれそうにないから怖いのだ。

ずっと目を逸らしてきたこの得体の知れない感情は今、いったいどの程度までふくらんでいるのだろう。

これまではなにも考えなくともできていた友達としての振る舞いが、今はどんなものだったのかもわからない。友達だと言い聞かせれば言い聞かせるほど、気持ちはそこから遠のいていく。自分の心の器には、もうあと一滴でも増えたらあふれてしまうくらいに、日根野谷への思いが溜まっているのではないだろうか。

二ノ瀬は高鳴り続ける心拍を無理やり気のせいだと言い聞かせて、日根野谷にできるだけ触れず、今日は早く帰ってもらおうと慎重かつ早急に鍼を打った。

「これでおしまいです」

施術中は集中し、失敗なく終えてベッドから離れた。着替えを待つあいだ、いつもは菊花茶を淹れるが、長居されては困るので今日は紙コップに白湯を用意した。

「先生なんか、今日そっけなくない？」

「そうですか」

しれっと答えながら、内心ばくばくしていた。

「そうだよ。俺に全然さわろうとしないし、花入りの茶くれないし」

「す、すみません。お茶は切らしてしまって……」

いよいよ嘘《うそ》まで吐いてしまい、施術もまともにできていない罪悪感から深くうつむいた。

「ふーん……。先生さ、なんか俺に隠してない？」

鋭い指摘に心臓がドクッと大きく揺れる。

「……いえ、なにも」

「じゃあやっぱり体調悪い？」

「ひ……っ」

突然、頬に触れられ、驚きと緊張で変な声を出してしまった。

「た、体調は悪くないです。健康ですから、心配は要りません」

日根野谷の手から離れるためだけに、丸椅子《いす》から立ち上がった。その大げさな行動と拒絶するような言葉が癇《かん》に障ったのか、日根野谷もソファから立ち上がって後ずさる二ノ瀬に詰め寄ってくる。

「なんで逃げんの」

「逃、げていません」

「逃げてるじゃん」

レジカウンターに背中がついて逃げられなくなったところで、近づいてきた日根野谷に手を握られた。今度は変な声は出なかったが、驚いてひゅっと大きく息を吸ってしまった。

「放してください」

「嫌です」

こんな時だけ敬語で、大人げなく返してくる日根野谷をにらみつけることもできず、二ノ瀬は首をひねって赤く染まっているだろう熱い顔を隠す。

「ねえ、どうしちゃったの、先生」

そんなのは自分のほうが聞きたいくらいだ。

「逃げられたら追いかけたくなるんだけど」

「逃げていません」

かたくなに同じ答えを返すと、目の前の緊迫していた空気がすこしゆるんだ。その拍子に日根野谷の手をそっと外す。

「……すみません」

蚊の鳴くような声で謝りながら、このままではいけないと思った。日根野谷と一緒にいると、彼へのおかしな気持ちが募る一方だ。

「あの、明後日の食事会、お休みにしてもらってもいいですか？」

明後日はもう土曜日だ。二ノ瀬は耐えられず提案した。自分から週に一度食事をしようと誘ったのに申し訳ないとは思ったが、どうしようもなかった。

日根野谷と二人で二階のリビングで過ごす時間を想像しただけで、心拍数がどんどん上がっていく。五日前に一平と三人で楽しく酒を飲んでいた自分が、もう別の人間のようだった。

「やっぱり体調悪いの？」

「いえ、体調は悪くないのですが……」

体調が悪いと言ってしまえば食事を断ることは簡単だけれど、日根野谷を心配させるのはよくないと思い即答するが、言い訳は思いつかず、理由を言えないまま黙りこんだ。

「体調が悪くないんなら、俺のこと避けてるだろ。なんで？」

避けたくて避けているわけではない。ただ日根野谷と友達でいるために、彼に抱きはじめている、ときめきの入り混じったおかしな気持ちを消したいだけなのだ。

二ノ瀬は口を閉ざしたまま、狭い隙間《すきま》で日根野谷に背を向けた。追い詰められた状態からなんとか距離を取りたくて、そのまま横に移動して逃げようとしたら、背後から日根野谷が体を囲むようにレジ台に両手を置いたので、覆われた状態で逃げられなくなってしまった。

「避けてる理由、教えてくれないと帰んないよ？　俺」

日根野谷の不機嫌な声が、頭上から降ってくる。

逃げ場を失った上、動くと体が触れ合ってしまう。もうどうすればいいのかわからなくなり、内側から激しく叩きつけてくるうるさい胸を隠すように背中を丸めた。

「日根野谷さんはわたしにかまうより、ご自分の体をかまってください」

「やだよ。俺、先生にかまいたい」

子供っぽいことを言う日根野谷の声が、今度はぐんと甘くなった。日根野谷にかまわれる自分を想像したら、顔が燃えるように熱くなる。

その時、本能で危険を察知したのか、反射的に体が動いた。日根野谷から逃げようと狭い隙間でもがいた上半身が、一瞬にしてきつく拘束される。

「……っ！」

なにが起こったのか、咄嗟にはわからなかった。丸まった背中に厚い胸板の感触と鼓動が伝わってくる。日根野谷に抱きしめられていることに気づいた時には、もうなにもかも手遅れだった。

「先生……、お願いだから、逃げないでよ」

今まで聞いたことのない日根野谷の切実な声が、耳に触れそうな位置から聞こえた。

（なに、これ……）

理由も語らず逃げ続けたせいで、日根野谷に背後から抱きしめられるというおかしなことになってしまっている。

(こんなの……っ、もう、だめだ……)

日根野谷と密着している緊張感の裏側に、渇いた心の根っこに欲していた水分が染み渡ったような充足感があった。友達だと意識すればするほど反対方向に育っていくこの感情は、どうやら自分の手に負えないほど怪物化していたらしい。

これが友情なわけがない。

(日根野谷さんに、恋してるんだ)

もうごまかすことなんてできない。二ノ瀬は日根野谷への恋愛感情を、認めるしかなかった。

その瞬間、今まで必死で抑えこんでいた思いが、堰《せき》を切ったようにあふれ出す。

(好き。日根野谷さんが、好きだ……)

友情だと無理やり信じこませてきたものが、いざ恋愛感情に引っくり返ると、それはしっくりと心になじんだ。心と体がぴったりと重なり合った感覚を味わいながらも、二ノ瀬は気づいたばかりの日根野谷への思いをどう扱っていいかわからなかった。

(この気持ち、どうしたらいいんだろう……)

「先生……？」

「逃げないで」と言われたきり動かない二ノ瀬のことが気になったのか、日根野谷が抱きしめる腕の

力をゆるめた。きつい拘束から解放された体は、激しい鼓動に揺り動かされるように震えていた。

「ごめんなさい。今日は帰ってください、お願いします」

認めたばかりの恋愛感情を持て余すばかりで、なんの解決策も思いつかず、二ノ瀬は日根野谷に背を向けたままで懇願した。不安な沈黙がしばらく続いたあと、「わかった」と静かに返される。

「けど、どんなに先生が避けても、俺は今まで通り会いにくるから」

「………」

感情の読めない声になにも答えられないでいると、しばらくして日根野谷は扉から出ていった。院内から日根野谷の気配が完全に消えると、二ノ瀬はカウンターに身をゆだねるように突っ伏した。去り際、二ノ瀬の体の震えを気づかうようにそっと触れていった日根野谷の手の感触が、まだ肩に残っていた。


日根野谷が今日の最後の患者で良かった、と二ノ瀬は思った。院内を清掃し、片付けを終えて二階の部屋に戻っても動揺は治まらず、こんな状態ではまともに鍼なんて打てなかっただろう。

緑茶を淹れて、リビングのソファで飲んだ。どうにかして混乱する心の中を落ち着かせたかったのだが、温かい緑茶の香りも味も、今はリラックス効果をもたらしてくれなかった。

日根野谷に恋をしている。

改めて脳内で言語化すると恐ろしくなった。

せっかく友達になれたのに。この先もずっと友達でいられたらと誰よりも自分が望んだくせに。好きになってしまった。はっきりと気づいた時点で、それはもう簡単には引き返せないほどの大きな思いになっていた。

(どうすればいいんだろう……)

熱い湯のみに震える両手を添えて、ゆっくりと緑茶を口に運ぶ。時間をかけて飲み干すあいだに、いくつかの選択肢が頭をよぎった。

告白する。友達でいられるよう努力する。縁を切る。

この中からひとつ自分で選べるのなら、もちろん友達でいたい。けれど頭でそう考えても実際、日根野谷を前にすると、今日のように育ち過ぎた恋愛感情に流されてしまって、友達としての対応はできなくなる。

では告白する。

「ないな」と二ノ瀬は声に出して強く否定した。自分のこのうっとうしい恋愛感情を日根野谷にぶつけたら、確実に嫌われてしまう。たとえ告白しなくても今日のようなおかしな態度を取り続けて、万一この気持ちを知られてしまったらと想像しただけでぞっとした。日根野谷に迷惑をかけて、困らせるようなことはしたくない。

では、縁を切る。

二ノ瀬はぎゅっと目をつむり、激しくかぶりを振った。これだけは絶対に嫌だ。日根野谷と離れたくない。男友達相手に恋愛感情を持ってしまったくせに我ながら自分勝手だと思うけれど、今の日根野谷との関係を手放すことだけは考えられなかった。

ではどうすればいいのだろう。ふりだしに戻ってしまい、頭を抱えた。

けれど三つの選択肢のうち、日根野谷との縁が切れることがいちばんつらいと思った。告白をした結果嫌われてしまったり、自分の気持ちがばれて疎遠になったりすることだけは避けたい。

そこまで考えて、自分は日根野谷に対して恋愛感情を持つことよりも、彼を失うことのほうが嫌なのだと気づいて眩暈がした。日根野谷に告白することなんてまず考えられないが、もししなければ日根野谷と永遠に会えなくなると言われたら、迷いなくこの思いを彼に伝えるだろうと想像できる。

高校生の時に萌花に失恋して以来ずっと、恋愛だけはするまいと固く誓って生きてきた。そんな十年以上の年月をかけて築いてきた地盤が、日根野谷を好きになったことで揺らいでいる。

恋愛をするより怖いことなんてなかったはずなのに、実際に恋に落ちてしまったら、今度は日根野谷を失うことがいちばん怖くなったなんて単純過ぎる。

（とにかく、日根野谷さんとこの先もずっと一緒にいられるために、なにをするべきかを考えないと……）

そのためにはやはり、この思いを日根野谷に知られないようにしなければと思った。

恋愛感情を知られた時点で、縁が切れるのは目に見えている。

二ノ瀬はこの感情が日根野谷に露呈する前に、彼とすこし距離を置こうと考えた。

望む友達の関係に戻るために、しばらくは必要以上に近づかないようにする。日根野谷への気持ちを完全になくすことは難しいかもしれないが、時間が経てばある程度自分の思いをコントロールしながら、いい友人関係を築くことができるようになるだろう。

けれど患者である日根野谷とまったく会わないわけにはいかないので、来院時は今日のように取り乱したりはせず、他の患者と同じように施術することを心がける。そして自分からはしばらくのあいだ、できる限り日根野谷に接触しないようにすればいい。

（そうすればいつかきっと、日根野谷さんへのこの激しい感情もおだやかになって、本当の友達だと思える日が来る、はず）

二ノ瀬は半ば無理やり自分を納得させて、ソファから立ち上がると夕食の準備に取りかかった。

日根野谷は、今まで通り会いに来ると言ったあの日から今日までの二週間、一度も来院しなかった。どうやら年末の繁忙期で仕事が立てこんでいるらしい。

ただ、メールは変わらず毎日届いていた。忙し過ぎて食生活が荒れていること、睡眠時間も削っていること、会いたいけれどメールで我慢していること、また一緒に食事がしたいこと。多忙な時間の合間を縫って、日根野谷はありとあらゆることを報告してきた。

メールでの日根野谷は二ノ瀬が自分を避けたことには触れず、今までと変わらない様子だった。そのことにほっとしつつ、二ノ瀬は日根野谷の言葉で綴《つづ》られた音声を聞くたびに彼への思いがしっかり形づいていくのを感じて焦っていた。

自分が望んだ通り、日根野谷と接触しない時間が増えているというのに思いは募る一方で、それをいけないと思う気持ちから、考えないようにしよう考えないようにしようと必死になり、結局考えている悪循環に陥っていた。

けれどクリスマスイブの今日は、日根野谷のことを忘れていられそうだ。

クリスマスイブは毎年、喫茶マアブルで夕方から夜の時間帯にかけて、年忘れパーティがひらかれることになっている。参加者は、主催の千景ママに一平と愛子、二ノ瀬の四人というおなじみのお茶会のメンバーだ。

この日は早めに店仕舞いしたマアブルで、みんなが手作りの料理を持ち寄り、いつものようにおしゃべりをしながら楽しく食事をして夜が更ける前におひらきになる。

二ノ瀬鍼灸院も毎年、この日だけは午後四時に閉院する。最後の患者を見送って院内の清掃を済ますと、一週間前に作っておいたシュトレンを箱に詰め、二ノ瀬はひさびさに浮かれた気分で喫茶マアブルへ向かった。

「こんにちは」

「あー、来た！　二ノ瀬くん、いらっしゃいませ。どうぞこちらへ」

愛子が店員のように迎え入れてくれて、二ノ瀬は寒さでかたまっていた体がほわっと暖かい空気に包まれるのを感じながら、店内を奥へ進んだ。今日はいつものコーヒーの香りと違って、香ばしい魚介の香りが店内いっぱいに漂っている。

「千景ママ、こんにちは。すごくいい香りがしますけど、なに作ってるんですか」

「立派な海老をいただいたから、今年はビスクとパエリアにしたの。愛子さんはローストビーフを持ってきてくださったのよ」

えへへ、と隣で笑う愛子に、「どれも食べるのが楽しみですね」と二ノ瀬は笑顔を向け、自分のリュックサックの底から箱を取り出した。

「わぁ、二ノ瀬くんのシュトレン、今年も楽しみにしてたんだ」

二ノ瀬が持ち寄るのは毎年シュトレンと決まっている。菓子類は普段作らないのだが、シュトレンだけは一年に一回、クリスマスにマアブルに持参するぶんと実家に送るぶんの二本、必ず作っている。

二ノ瀬の持ち寄るものが毎年一緒なので、他のみんながバランスをとって、一平と愛子がメイン料理、千景ママがスープや主食担当といつからか決まっていった。

持ち寄った料理を切り分け、テーブルと椅子の配置を変えて皿やグラスを並べる。準備が整ったところでそれぞれテーブルについた。一平は仕事が終わり次第合流することになっているので、とりあえずは三人で乾杯した。

「今年もお疲れさま、乾杯！」

二ノ瀬の持つグラスに千景ママと愛子が軽くグラスを当ててくれた。礼を言って、シャンパンを口に含む。炭酸がぱちぱちとはじけながら喉を通過すると、甘い後味にうっとりとした気持ちになった。

（そういえば、お酒を飲むのは日根野谷さんと一平と三人で食事をした時以来だ）

あの日はめずらしく深酒をしてしまった。日根野谷にベッドまで連れて行ってもらったあと、礼も言わず眠ってしまった記憶がよみがえる。

グラスの中身を飲み干し、その時の後悔の念を吐き出すようにふう、と息をついていると、愛子が「どうしたの？　元気ないね」と心配そうに声をかけてきた。

「いや、まあ……。ちょっと悩み事がありまして」

「もしかして、恋の悩みかしら」

千景ママの鋭い指摘にぎくりとかたまると、愛子が「ついに！」とはしゃぎ出す。

「あらあら、愛子さん落ち着いて。そんなに盛り上がっては二ノ瀬くんがなにも話せなくなるわよ」

「そうだよね、ごめん。悩み事だって言ってるのに喜んだりして。わたしたちで良かったらなんでも相談に乗るよ。ねえ、ママ」

「もちろんよ」

二人の心強い言葉が胸にじんわりと沁《し》みて、気持ちが温かくなる。自分のことをこんなふうに心配して、悩みを聞いてくれる人が身近にいることが本当にありがたかった。二ノ瀬は千景ママと愛子の厚意に甘えて、ここ数日悩んでいたことを吐き出すことにした。

「恋愛感情って、どうやったら消すことができるんでしょうか」

「なんで消す必要があるの？」

愛子から速攻で質問が返ってきて、それが正常な反応だろうなと思いつつ、内心を打ち明けた。

「その人とは、友達でいたいんです。これから先もずっと一緒に。すこし前まではちゃんと友達だと思えていたんです。だけどいつからかそこに奇妙な感情が混じってきて、今では友達だったころの感覚を忘れてしまうほどに、心が恋愛感情に支配されています。どうにかしてこの思いを消すことができれば、またあのころみたいに、その人と楽しい時間が過ごせるのにって思うんです」

「難しい問題ね」

千景ママの言葉にかぶさる勢いで愛子が、「せっかく好きになれたのに友達に戻るなんてもったいないよ」と力説した。

「愛子さんは一平さんと夫婦になれて幸せですものね」

「まあね。めんどくさい時もあるけど、おおむね幸せ」

照れ隠しなのか、愛子がぶっきらぼうに答えた。それは本心に違いないと思う。

「二ノ瀬くんはその人とずっと一緒にいたいから、友達でいたいの？　愛子さんと一平さんのように夫婦や恋人といった関係でずっと一緒にいることは嫌なのかしら」

「それは……、わたしにはできません」

萌花と終わったあの日の記憶がまた脳裏をよぎる。友達ならずっと一緒にいられるのだ。なにより、男である日根野谷と恋人になれるはずがない。

「二ノ瀬くんは、案外臆病なのね」

きっと苦い表情を見られたのだろう。千景ママが優しい声で諭してくる。

「でもね、二ノ瀬くんがどんなに友達のままでいたいと思っても、なるようにしかならないわ。一度芽生えてしまった感情を自力で消すことなんて、誰にもできないもの」

「じゃ、じゃあ、解決策はないいんですか」

焦る二ノ瀬に、千景ママは「そうねぇ」と優しく呟いて言葉を継いだ。

「友達であることにこだわり過ぎなくてもいいいんじゃない？　一度肩の力を抜いて、本当の思いを隠さずに、その人と対面してみてはどうかしら。自然体で接してみると、相手がどう思ってるのかを知る余裕も出てくるでしょうし。案外二ノ瀬くん自身も、友達より恋人のほうが楽しそうと思えるかもしれないわよ」

「そうよ」と軽やかな相づちを打つ愛子の携帯電話から音楽が流れ出す。聞こえてくる会話の内容で、一平からの着信だとわかった。

二ノ瀬は千景ママと愛子の助言に、うなずくことも否定することもできなかった。

彼女たちは二ノ瀬の片思いの相手が男であることを知らない。さすがにそこまではカミングアウトできなかったので、せっかくもらったアドバイスを役に立たせることは難しそうだと申し訳なく思う。

同性が相手だと、それは友達以上の関係を望んだ瞬間に壊れることがほとんどだろう。それに十年経っても過去の失敗を引きずっている二ノ瀬にとって、玉砕覚悟の恋愛に踏みこむ勇気など欠片《かけら》もない。

「もう駅から歩いてるところだって言ってたから、すぐに来るよ。五人で集まるのははじめてだね」

愛子が一平との通話を終えて言ったひとことに、二ノ瀬は首を傾げた。

「五人、ですか？」

「今年はゲストがひとり来るんだよ」

ゲストとは誰か、と問い返そうとしたら、店の扉がひらいた。

冷気とともに「こんばんは」と一平ともうひとり、よく知る声が聞こえてきて、二ノ瀬の体がかたまる。

「ゲストは日根野谷くんでしたぁ」

「…………」

愛子の種明かしに反応できず硬直していると、びっくりしていると思われたのか「サプライズ成功ね」と千景ママが喜んだ。先ほど恋愛相談をしたその相手が、まさか日根野谷だと思うはずがない。

「こんばんは、先生」

「こ、んばんは。あの、どうして、日根野谷さんが、ここに……」

しどろもどろになって問うと、「先生がマアブルを教えてくれたから」という答えが返ってくる。

以前、公園で秘密のサンドイッチを日根野谷と一緒に食べた時に、これは喫茶マアブルのママが作ってくれたのだ、と教えた。それ以降、日根野谷は鍼灸院に来る日はマアブルに立ち寄るようになったらしい。一平と二ノ瀬の知り合いということで、今回千景ママから声がかかり、クリスマス会への参加が決まったのだという。

過去の自分を恨んでも無意味だ。けれどわかっていてもあの時どうして、という思いに駆られる。

「俺が来て全然嬉しそうじゃない先生、ムカつくなぁ」

悪態をつきながらも、日根野谷の声は弾んでいるように聞こえた。今日一日だけは日根野谷のことを考えなくて済むと気を抜いていた二ノ瀬は、急速に高鳴り出した胸を押さえてそっとうつむいた。

日根野谷がデパートの地下で買ってきてくれたというサラダが大皿に盛られ、年忘れパーティがはじまった。話題は日根野谷のことでしばらく持ちきりになる。

「おまえはゲストだから手土産とかいいよ、って言ったんだけど、日根野谷って気づかいの男だから、おれを無視してデパートに入ってってさ」

「やめてくださいよ、田所さん」

話を止めたがっている日根野谷を無視して、一平は続ける。

「クリスマスだからケーキかチキンでも買うのかって聞いたらさ、事前にみんなの持ち寄るものは、って逆に質問されて。答えたら、甘いものは唯史とかぶるし、肉は愛子とかぶるから野菜にしましょう、って日根野谷が言って、サラダになったんだけど」

「さすが、日根野谷くん」

一平の語りに愛子がいい調子で合いの手を入れた。

「サラダ専門店って、カラフルでおいしそうなのがいっぱい並んでるだろ。だから数種類貰ってくか、っておれは言ったんだけど、日根野谷が、盛る皿が増えると洗い物が大変だから、具だくさんのサラダを一品だけにしましょう、って言ってさ。普段一緒に仕事することがないからわからなかったけど、日根野谷ってすごい全体が見えてて、決断が早いんだなって、正直驚いたよ」

「さすが、モテる男はわかってるわ〜」

一平が日根野谷をべたぼめし、愛子はいよいよ拍手を送っている。

「まあ、モテ過ぎると大変なこともあるけどな」

「ちょっと、田所さん。その話はなしで……」

まずいことを言われたのか、また日根野谷が一平の話を止めた。モテ過ぎると大変なこともあるというのは、日根野谷がモテるがゆえに直面している困難を示唆しているように受け取れる。もしかしたら自分の気持ちに気づかれているのではないかと一瞬ヒヤッとしたが、日根野谷からは毎日メールが届いているので思い過ごしだろう、と二ノ瀬は自分を納得させた。

「心づかい、嬉しいわ。ほら、日根野谷くんも召し上がって。お料理はたくさんあるからね」

「こちらこそ今日はお招きくださって、ありがとうございます。いただきます」

千景ママに返した日根野谷の丁寧な言葉遣いをはじめて聞いて、驚きつつも普段の自分に対する話し方とのギャップを新鮮に感じた。

正面に座っている日根野谷は、千景ママと愛子に囲まれてリラックスした雰囲気で自分には使わない敬語を駆使して談笑しているようだ。

二ノ瀬は楽しそうな日根野谷の様子に内心苛立ちを感じながら、隣の一平に取りわけてもらった料理をゆっくり口に運んでいた。

「唯史、中学の同級生の井田《いだ》がさ、結婚したの知ってる？」

「え、知らない。井田ってあの数字オタクの井田？」

「そう、あの井田」

一平から聞かされた懐かしい名前に意識が向く。井田は中学時代、円周率をずっと口ずさんでいるような変わり者だったが、今は大学教授をしているらしいと噂で聞いていた。

「井田が結婚って、なんか想像できないなぁ」

「だろ？」

ひとしきり昔の同級生の話で盛り上がる。一平と話していると向かいの会話が気にならなくなるので、いつしか夢中になって話していた。

「ちょっとぉ、私たちがわからない話で二人だけで盛り上がらないでよ」

一平との会話が途切れた時、愛子に注意されてハッとした。謝ろうとしたら隣の一平が反論する。

「だってそっちはそっちで盛り上がってただろう」

「まあ！　うちの旦那がイケメンの後輩にヤキモチ焼いてすみませんねぇ」

「悪いかっ」

一平があっさりヤキモチを認めて、場は大きな笑いで包まれた。二ノ瀬は一緒になって笑いながらも、ヤキモチという言葉に敏感に反応していた。

さっき目の前で日根野谷が女性二人に持てはやされていたのをおもしろくないと感じたのは、自分もヤキモチを焼いていたからなのか。そのことに気づいて焦ってしまう。

みんなに知られて笑いに変えられる一平のヤキモチと、その隣でひっそりと焼いている誰にも言えない自分のヤキモチとでは、まったく種類が違う。

まず男である自分が、女性に対してヤキモチを焼くこと自体が気持ち悪い。恋人でもない日根野谷に、片思いの自分がヤキモチを焼くこともおかしい。そもそも距離を置いて友達でいる努力をしている最中に、その相手にヤキモチを焼いている場合ではない。

けれどコントロールしたい気持ちもむなしく、嫉妬心は思考とは無関係に湧き上がってくるものらしい。

そんな二ノ瀬の悩みなどおかまいなしに、パーティは滞りなく盛り上がり、終焉《しゅうえん》に向かっていた。

皿はきれいに平らげられ、全員で手わけして後片付けを済ますと、外はすっかり夜になっていた。

「ではみなさん、今年もお世話になりました。来年もどうぞごひいきに」

「こちらこそありがとうございました。よいお年を」

千景ママにめいめい挨拶を済ませて外に出る。もうずいぶん遅い時間なのに、どこか遠くのほうからクリスマスソングが流れ聞こえてくる。

二ノ瀬は駅方面へ向かう三人とは帰り道が逆なので、挨拶をして別れようとしたら、左肩を叩かれた。

「夜は危ないし、送っていこうか」

一平の誘いに、自分は大丈夫だから愛子と帰って、と返すつもりで口をひらいた時、一平が立っているのとは反対側の右隣に人の気配を感じた。

「先生のことは俺が送っていきますから、田所さんはご心配なく。愛子さんとお二人で帰ってくださ い」

「え……」

「ああ、そう？　じゃあ頼もうかな」

「よろしくね、日根野谷くん。おやすみなさい」

あっさり引き下がった一平と愛子の足音が、みるみる遠くなっていく。二ノ瀬は二人に別れの挨拶もできず仕舞いで、気づくと日根野谷と夜道に取り残されていた。

「さあ、帰ろうか、先生」

どこか挑むような口調の日根野谷に、無駄だと思いつつも弱々しく提案してみる。

「わたしはひとりで大丈夫ですので、日根野谷さんも帰ってくだ――」

「嫌だ、送ってく」

最後まで言う前に、拒絶されてしまった。

仕方なく日根野谷と二人、帰り道を歩き出す。駅から遠ざかるにしたがって静けさは増し、五分も歩かぬうちに微かに耳に届いていたクリスマスソングもすっかり聞こえなくなってしまった。

日根野谷の革靴と自分のスニーカーが歩道を踏む音を聞きわけながら黙々と歩いていたら、ふと右隣の気配と革靴の音が消えて、日根野谷が立ち止まったのだと気づき振り返った。

「先生って、いつも田所さんにだけため口だよな」

淡々とした日根野谷の呟きは、一瞬で夜風がさらっていった。

二ノ瀬は前髪を揺らした冷たい感触に二度ほどまばたきをして、日根野谷の立っているあたりに目星をつけ視線を向けた。

「一平は、家族同然の幼なじみなので」

一平へのため口を指摘した日根野谷の意図がつかめなかったので、適切かどうかわからない答えをとりあえず返した。日根野谷からの反応はないので、それが返事として正しかったかどうかもわからない。

「あの、明日の食事会なんですが、またお休みにしてもらってもいいですか」

二週連続のキャンセルで、日根野谷は理由を聞いてくるだろうとかまえていたら、「いいよ」と快諾されて肩から力が抜けた。

「い、いいんですか」

「うん。その代わり、明後日の日曜日、一緒に食事に行こうぜ」

「え……」

想像とは違う展開になって、うろたえる。

「ちなみに、店はもう予約してあるから」

「予約……」

二ノ瀬は用意周到な誘いに、どう断ればいいか頭をひねった。

「そのお店は、もうキャンセルできないのでしょうか」

「できないことはないけど、先生日曜日、予定あるの？」

「いえ、特には、ありませんが……」

質問に正直に答えてしまった。予定があると言っておけば断れたのに、と後悔するがもう遅い。けれど店のキャンセルは可能なのだ。予定がなくても行けない理由さえ見つかれば、日根野谷との外食を回避できる。

必死になって言い訳を考えていると、すこし離れていた日根野谷の革靴の音が近づいてきて、目の前で立ち止まる。

「ねえ、先生なにがあった？　俺、なにかよっぽど先生に嫌われるようなことした？」

悲愴《ひそう》な声の日根野谷の問いかけに、二ノ瀬はびくっと肩を震わせたあと動けなくなった。目の前に立つ日根野谷から怒りの熱は感じない。ヒヤリとした悲しみの空気だけが、漂っているように感じた。

危ないから家まで送ると言ってくれた相手に、礼も言わず、日根野谷が立ち止まって話しかけてくるまで無言でひたすら歩いていた。約束の土曜の食事を断り、外食の誘いをなんとか回避しようと頭を悩ませている姿を目にしたら、日根野谷はいったいどんな気分になるだろう。

この帰り道のことだけじゃない。前回の来院で体調を心配してくれた時も、自分のことしか考えられなくてそっけなさを貫いた。施術中も体に触れることをなるたけ避け、まともな会話すらしなかった。今まで親しくしていた相手に突然そんな態度を取られたら、どんな気持ちになっただろう。

(自分のことばっかり考えてたけど、もしかしたらそのあいだ、日根野谷さんはずっと傷ついてたのかもしれない……)

恋心を消そうと夢中になって日根野谷を遠ざけることだけに思考を費やしていたが、相手の気持ちになってみれば、親しい相手にわけもわからず避けられるつらさは計り知れない。

「あの、日根野谷さんのこと、嫌いじゃないです。嫌いなわけ、ないです。だから、日根野谷さんはなにも悪くありません、なにも……。わたしが、変なんです。あなたは、なにひとつ悪くありません」

二ノ瀬は今まで自分の取ってきた行動がいかに失礼で、日根野谷を振り回し、傷つけていたかに思い当たった。

日根野谷を好きになったのは自分の勝手だ。その気持ちを消そうとするのも自由だ。

けれどそれで日根野谷を傷つけることは、絶対にあってはいけない。

二ノ瀬は深く頭を下げ、「ごめんなさい」と全身全霊で謝った。

「先生、顔上げて」

体を半分に折ったままじっとしていると、日根野谷が静かに言った。

「謝らなくていいんだ。教えて。先生のなにが変なの？　俺のことが嫌いじゃないなら、なんで俺を避けてた？　先生は理由がなくてそんなことしないだろ」

二ノ瀬はそっと上体を起こしながら「理由……」と口元だけで呟いた。

（それは、あなたを好きになってしまったから……）

友達として大切にしたいと思う人に対して、決してあってはならない恋愛感情を抱いてしまったからだ。

そのことを事実のまま伝えたところで、日根野谷を困らせるだけだとわかっている。けれどいつも誠実に接してくれる相手に、自分だけ隠し事をしている後ろめたさが、問い詰められたことで二ノ瀬を動かそうとしていた。

懺悔《ざんげ》するような気持ちで、ひとつ、わだかまりを吐き出す決意をした。

「わたしは、誰かと深い関係になるのが怖いんです。仲良くなり過ぎてしまうと、裏切られるんじゃないかと、思って。そう考えてしまうのは過去に――……」

高校時代に経験した失恋と、だからもう恋はしたくないと話しながら、特別な相手を作りたくないというのは、ほとんど告白だと感じていた。

日根野谷を遠ざけたのは、彼を恋愛対象として好きになったからだ。一平や愛子や千景ママなら、どんなに親しくなっても遠ざけることなどしない。

過去のトラウマによって裏切られるのが怖いのは、恋をした相手限定だ。だからつらい失恋を語り日根野谷を特別な相手と位置づけたことで、自分の彼への気持ちはきっと気づかれてしまうに違いない。

「あの、別に、日根野谷さんを信用してないわけではないですし、あなたのことを、そういう、変な目で見ているわけでも、ないの、ですが……」

たじたじになりながら、自分の気持ちがばれていることは半ばあきらめつつも、最後の悪あがきのような言い訳をしていた。

「変な目で見てくれていいのに」

いつもの冗談のようなことを、今日に限って日根野谷が本気の口調で言うので、もうどんな顔をしていたらいいのかわからず、うつむいた。低くなった頭の上に、「その高校の時の彼女のこと……」と呟く日根野谷の、怒りを含んだ低い声が落ちてくる。

「忘れなよ。俺が忘れさせてあげる」

「………っ」

さっきからどういうつもりだ。これは冗談か、それとも本気か。

日根野谷はよくからかうような冗談を口にするが、決して二ノ瀬を試すようなことはしない。では今どういう意図で日根野谷は、二ノ瀬を期待させるようなことを言っているのか。

脳内にたくさんの疑問が駆け巡ったが、実際に問うことはできなかった。

「その女にそんなひどいこと言われて、先生はどう思ったわけ？　白杖を持ってる恋人は恥ずかしいって、付き合ってるのに介護してるみたいって、目が見えない人に恋愛や結婚は絶対無理って。その女の意見に先生は賛成なわけ？」

問われて、うつむいたままかたまった。

「そう思ってんなら、その考え、俺が全部覆してやるよ。全部間違いでしたって、思わせてやるから。だから――」

「忘れろ」と、今度は強い語調で日根野谷は言い切った。

二ノ瀬の心の中に、嵐のような感情が吹き荒れる。ずっとずっと忘れないように生きてきた。二度と同じ目に遭わないように、過去の恋愛を戒めとして、心の隅に根深く留めてきた。

それが日根野谷の言葉ひとつで、根こそぎ取り払われる。日根野谷の力強い命令が、心の拠《よ》り所にもなっていた孤独であるべき決意を二ノ瀬から奪っていく。

「先生には、これからちゃんと恋愛をして、幸せになる権利がある」

過去の話をすることで自分の恋愛感情は伝わり、思い人からどんな形で拒絶されるのだろうと怯えながらかまえていた。けれど日根野谷は、二ノ瀬を拒んだりしなかった。

（日根野谷さんが、忘れさせてくれる）

嵐の収まった心の中は、無風の草原のように凪《な》いでいた。日根野谷の言葉が、真っ白になった心にストンと落ちて、ゆっくりと全身に浸透していく。

どうして日根野谷は期待させるようなことばかり言うのか。そんな疑問は嵐がどこかへ運んでいったのか、もう胸の中に留まっていなかった。残っているのは、日根野谷を好きだという気持ちひとつ。

「俺は絶対に、先生を裏切らないから」

日根野谷は裏切らない。

日根野谷は萌花とは違う。彼は目が見えないことをバカにしたりしない。距離を置いても離れていくことなく、根気よく接してくれた。

ほとんど告白のような過去の失恋話も、日根野谷は受け入れて、忘れろとまで言ってくれた。

この人と、恋愛をしたい。自分の気持ちを全部知ってもらいたいと、二ノ瀬は衝動的に思った。

その本心を伝えたら、拒絶されるかもしれない。けれどそんな怖さより勝る強い気持ちが、二ノ瀬の中に生まれはじめていた。

「とにかく、明後日はデートな？」

「デ、デート、ですか」

日根野谷と恋愛したいという気持ちを解放した直後に聞こえてきた単語に、心拍数が一気に増した。

「さっき誘ったじゃん。食事に行こうって」

「あ、ああ……、はい、ぜひ」

デートという言葉に動揺してしまったけれど、先ほど二ノ瀬が必死で断ろうとしていた外食の話らしい。

「じゃあ、迎えにいくから。その日に先生にちゃんと話したいこともあるし」

話したいこととはいったいなんだろう、と思いつつ、日根野谷が先を促し、自宅前までたどり着いた。

「送ってくださってありがとうございます」

「じゃあまた、明後日に」

「気をつけて」

「さよなら」と言い合って別れ、二ノ瀬はひとりになると、ふう、と長い息を吐いた。

日根野谷にすべてをさらけ出してしまったことで、解放感に包まれていた。過去のつらい失恋の記憶も、日根野谷を好きだという正直な思いで塗りつぶされてしまった。日根野谷は萌花ではないのだ。日根野谷を好きになることを怖がる必要はない。

先ほどの年忘れパーティで、千景ママと愛子に言われたことを思い出す。

なんで恋愛感情を消す必要があるのか。自分の本当の思いを隠さず対面してみてはどうか。どんなに友達に戻りたいと思ってもなるようにしかならない。自然体で接してみると案外友達より恋人のほうが楽しいと思えるかも。

ついさっきまでは自分にはできそうにないことだったのに、今はこの助言の数々が背中を後押ししていた。

（もしかしたら、自分もがんばって努力したら、日根野谷さんに好きになってもらえる可能性があるのかな……？）

明後日の日曜日、日根野谷はなにか話したいことがあると言った。

（たとえばその時に、この思いをきちんと伝えてみようか。そうしたら、日根野谷さんはどんな返事をくれるだろう……）

この時、二ノ瀬の心の中では、ありえない期待の種がふくらみはじめていた。

ずっと心の奥底で鍵をかけて見ないようにしてきた恋愛というものは、本来、甘く幸せなものだったと二ノ瀬は思い出しかけていた。

二ノ瀬の普段の外出は、いつも行く先が決まっている。

日課の散歩では商店街を往復、時々駅の向こうの公園まで行く。一平に誘われて、平日の比較的空いている時に繁華街まで買い物に行くこともあるが、それも半年に一度あるかないかだ。

そんな出不精の二ノ瀬が、今日は日根野谷と一緒に遠出をする。行先はまだ知らされていない。

迎えに来てくれた日根野谷の車の助手席に乗って、快適なドライブがはじまって数分経つ。

こんなふうに誰かの車に乗せてもらうのはいつぶりになるのだろうか。今年はタクシーを利用する機会もなかったため、車に乗ること自体が実家での正月以来、約一年ぶりだった。

「ところで、今どこに向かってるんですか」

速度が安定したところに、隣で運転してくれている日根野谷に尋ねると、水族館という答えが返ってくる。

「水族館の魚を食べるんですか」

「先生、どんな発想だよそれ」

「今日は食事に行くものかと思っていたので」

「食事はデートの一部でしょ」

デートの一部。一昨日も日根野谷はデートだと言った。

(これはデートなのか?)

そもそもデートというのは恋人同士でするものじゃないのか?

疑問が頭をよぎったが、それよりも気になることがあった。

「わたしは目が見えないので、水族館に連れていってもらっても、日根野谷さんと一緒に楽しむことはできないかもしれません」

「先生、水族館に行くのいつぶり?」

自分の訴えは聞いてもらえず質問を返されて、ふと、果たしていつぶりなのだろうかと思い起こした。

「高校生のまだ目が見えていたころです。その……、お付き合いしていた彼女と一緒に行った以来です」

言うべきかと一瞬迷ったが、日根野谷にはすべてをさらけ出してしまったので、もう嘘をつく必要はなかった。

「ふーん、例の彼女とね」

日根野谷の不機嫌そうな声を聞くと、居たたまれないのに安心している自分もいる。日根野谷の一平にだけため口を使っているという指摘や、過去の恋人に対する苛立ちは、自分が一昨日、千景ママや愛子に対して抱いたものと同じものではないかという都合のいい考えが二ノ瀬の中で生まれはじめていた。

「でもその彼女以外にも、先生、高校時代モテモテだったって、田所さんに聞いたぜ」

「な、一平がそんなことを言ったのですか」

「ああ、田所さんの名誉のために言うけど、俺が先生のこと知りたくていろいろ聞きまくったから仕方なく教えてくれたってだけだから。先生は高校時代、女生徒たちのアイドルで、陰のファンクラブもあったってさ」

「あの人、そんなことまで……」

一平に対する恨みを呟きつつ、内心は自分のことを知りたいと言った日根野谷の言葉が嬉しかった。

いちばんモテた高校生時代、もうすぐ目が見えなくなるという特殊さが、なぜか女生徒たちの心に火をつけたらしく、一時期は困惑するほどにモテていた。けれど大多数の思いは恋愛感情でなくただのファン心理で、そんな異常なモテ期があったからこそ、萌花の自分を手に入れたいという欲求にも火が点いたのだと今は思う。

「先生ってきれいな顔してるもんなぁ」

ほかの誰に言われても響かない見た目の感想も、日根野谷の言葉になると胸が高鳴るのが不思議だ。

「そんな理由でモテてたのではないですよ」

「わかってないなぁ、先生は自分のこと。きれいでおだやかで芯が強くて、そんな人にみんなが惹かれないわけないじゃん」

日根野谷の口から思いもよらない称賛が次々飛び出すので、頰のあたりがだんだん熱を帯びていく。運転席から赤くなっているだろう顔が見えていないことを祈りつつ、二ノ瀬は目的地の水族館に着くまで、返事をすることもできずに黙りこんでいた。

「着いたよ先生。あ、それは置いてって」

助手席でもずっと右手で握っていた白杖を、手から抜き取られる。

「でも、これがないとわたしは……」

「今日は俺がいるだろ。頼ってよ」

そんなふうにお願いされてしまい、外出の時はほとんど使わなくてもお守りのように必ず持っている白杖を、駐車場に停めた車の中に置いたまま助手席を降りた。

知らない場所になにも持たず、ただ立つのは怖い。けれど——。

(今日は、日根野谷さんに頼ってもいいんだ……)

声のするほうへゆっくり顔を向けると、手をぎゅっとつかまれた。恐怖は一瞬で安堵に変わる。

「先生、行こう」

「……変ではないでしょうか」

日根野谷に優しく引っ張られて歩きながら眉を寄せた。

「男同士で、手をつないで歩いているというのは、変な気がします」

「変でもいいじゃん。デートなんだし」

甘い言葉で返されて、二ノ瀬はまた赤くなって黙ってしまった。

日根野谷は段差や坂道やカーブの前で必ず声をかけてくれるし、彼の手が自分とつながっていることもあって、知らない場所を歩く怖さはほとんどなかった。けれど、そんな支えや案内としての役割とは別のところで、日根野谷の素肌に触れていることを意識してしまう。

(日根野谷さんが、デートだなんて言うからだ)

カップルが初デートで純粋に手をつなぐことのように、二ノ瀬はドキドキしてしまっている。

水族館に入ると、視界は薄暗くなった。暗い中、ところどころでぼんやりと大きな寒色の光が揺れている。水槽に囲まれた館内は外よりずっと温かく、二ノ瀬は居心地のいい海に帰ってきた魚のような気分になった。

「つるんとしたやつが、今先生の前泳いでく」

「大きさはどのくらいですか？」

「縦の長さは先生くらい。横幅は二メートルくらいありそう。平べったくてヒラヒラ泳いでる。腹側は先生の肌みたいに真っ白で、背中側は水玉模様。目が眠そう」

日根野谷はいろんなところで立ち止まって、魚の特徴を説明してくれた。時々へたくそな絵を手のひらや背中に描いてくれるから、くすぐったくて仕方がない。

もう昼が過ぎているのだろう、日根野谷の空腹具合が反映された「おいしそう」という説明が増えてきた。

「日根野谷さんが脂ののった魚とかいうから、わたしまでお腹が空いてきました」

「ハハ、ごめん。俺も腹減り過ぎて、魚を違う見方してた。よし、じゃあ移動すっか」

出発前に手洗いを済ませ、なにげなく館内図の点字案内板を両手で読んでいると、日根野谷が近づいてくる。

「なんか先生、ピアノ弾いてるみたい」

ピアノには、中学を卒業してから十五年以上触れていない。

「いつか聴いてみたいな、先生のピアノの音」

日根野谷の呟きを聞いて、最近よく聴いている彼の好きなピアノ曲の旋律が頭の中で流れ出す。

それは二ノ瀬が最後のピアノ発表会で弾いた曲でもある。ずいぶん長いあいだ鍵盤には触れていないが、太ももの上で指を動かしてみると運指《うんし》は記憶とつながった。

（もう一度ピアノを練習してみようか。あの曲をまた弾けるようになったら、日根野谷さんは喜んでくれるかな……）

そんなことを考えながら水族館をあとにして、車でまた移動している時だった。日根野谷に「久しぶりの水族館どうだった？」と聞かれ、二ノ瀬は素直に「楽しかったです」と答えた。

誰も水族館なんて連れていってくれない。見えない人間を誘う時は、みな想像力を働かせてたくさんの選択肢を除外する。

映画に行ってもスクリーンは見えない、美術館に行っても絵は見えない、遊具の多い公園は危ないかもしれない。人の多い繁華街では誰かにぶつかるかもしれない。

きっとつまらないに違いない。どこへ連れていっても気を遣い、遣われる。そうやってだんだん誘われなくなる。誘われたところで自分が断るせいもあって、もう一平でさえも外出の誘いはほとんどかけてこなくなっていた。

視覚障害者と水族館に行くだなんて、晴眼者のほとんどが想像の段階で候補から外すはずだ。けれど実際は、楽しかった。日根野谷とならどこに行っても楽しいのかもしれない。ふとそんなことを考えてしまう。

車から降りると、海の匂いがした。水族館の中では水っぽい匂いなどしなかったのに、外に出ると海を感じるのが不思議で笑ってしまう。

「今、海が目の前にあるんだ」

二ノ瀬が匂いを感じていることに気づいたのか、日根野谷が答えるみたいに言った。

「波の音がしないです」

「浜じゃなくて港だから」

日根野谷の語尾にかぶって、間延びした汽笛が鳴った。

日根野谷の手が右ひじに触れた。うながされるようにひじを曲げると、手をつながれる。白杖は言われる前から、車の中に置いてきた。

店内に入ると、空腹を刺激する香ばしい匂いが漂っていた。

「イタリア料理、ですか？」

パン生地のようなものが焼ける香りと、太陽を思わせるトマトソースの甘酸っぱい匂いもする。

「正解。ピザ専門店」

椅子を引いてもらって席につく。もしかしたら昼をだいぶ回っているのかもしれない。店内に人の気配は感じるが、混雑した雰囲気はない。

「一応予約はしといたんだけど、ヒマな店でさ」

「おい、耀。ひさびさに来たと思ったら、さっそく失礼なこと言いやがって」

こちらに近づいてくる男性の声には、気安さが感じられた。

「先生、こちら店主の春田《はるた》、季節の春に田んぼの田、苗字ね」

「春田さん、はじめまして。二ノ瀬と申します」

声のするほうに向かって頭を下げると、「ようこそいらっしゃいませ」と春田が明るく答えた。話を聞くと、日根野谷と春田は高校の同級生らしい。春田が妻と二人で経営しているこの店は、オープンして今年で五年になるという。

「こいつね、気に入った人がいるとオレに自慢したいのか会わせたがるんです。先生、今日はなにかと気をつけたほうがいいすよ」

「春田、余計なこと言うな。先生、こいつバカだから。おかしなこと言うけど気にしないで」

「てめー、バカとはなんだ。過去のあれこれ、見境なくばらすぞ」

「やめろバカ」

なにやら旧知の二人が大人げない言い争いをしているのを、二ノ瀬はしきりにまばたきを繰り返しながら見守っていた。

日根野谷は、気に入った人がいないとなかなか会いに来ないというところまで春田にばらされて、「うるせーな」とふてくされていた。

「仲良しですね」

春田がテーブルから離れてから日根野谷に伝えると、「腐れ縁だよ」と返ってくる。

「でも、あいつには気に入った人を紹介する、っていうのは本当」

そんなことを言われてなんと返したらいいのかわからず、先ほど春田から直《じか》に受け取ったマグカップに口をつけた。日根野谷から事前に、先生は温かい飲み物しか飲まないから、と言われていたようで、春田が用意してくれたカップの中身はほんのりはちみつの香るカフェ・ラテだった。

（なんて甘やかされているんだろう……）

二ノ瀬は今までの人生で経験したことがないほど尽くされて、くらくらした。

もしかしたら日根野谷も、自分に好意を寄せてくれているのかもしれない。

一昨日から心の中に漂っていた自分都合の予想が、瞬間的に形になる。

なんとなくしっくりくる。日根野谷に対する自分の思いと彼から与えられる愛情は、双子のようにそっくりなのだから。

けれどそもそも日根野谷の恋愛対象は女性ではないのだろうか。先ほど春田が、こいつは気に入った人を自分に会わせたがると言っていたし、日根野谷自身もそれを認めていた。紹介された二ノ瀬は男だ。日根野谷とは踏みこんだ恋愛話をしたことがないから真相はわからないが、もしかしたら男性も恋愛対象になるのだろうか。

そんな都合のいいことをぼんやり考えていた。

運ばれてきた焼きたてのピザはどれも絶品だった。新鮮な野菜、すっきりとしたトマトソース、歯ごたえのいい魚介類にチーズの塩味があいまって絶妙の味加減だ。二ノ瀬の中の、ピザはジャンクフード、という概念は一瞬で覆された。

いつも自分の作ったものか、決まったものしか食べていないと、味の世界が広がらない。自分だけの狭い世界。すべてをわかっている小さな安全な世界。外側の世界を知らないでいるうちはそれで幸せなのだ。けれど知ってしまったら、後戻りできないのではないかと怖くなる。ただ、日根野谷が与えてくれる世界なら、身をゆだねても大丈夫だと思えた。

満腹になって春田に「ごちそうさまでした」と告げ、外に出る。店に入る前よりすこし気温が低い気がするけれど、視界は温かなオレンジ色に染まって先ほどより明るく感じた。夕方が来ていた。

満たされた体を助手席に沈ませ、日根野谷の運転する車でうとうとしていた。

浅い眠りの中で、日根野谷と深く交わる夢を見た。互いの原形がなくなるくらい一緒くたになって、どろどろのマーブルを描くおかしな夢の中で、日根野谷とだったら、と思う。

日根野谷とだったら、どんな恐ろしい世界の底へでも、宙に浮きあがるみたいに堕ちていきたい。

「先生」

頬をつんつん、と指先でつつかれて、浅い夢から覚める。座面からはもう振動を感じない。

「お疲れ。着いたよ、先生ん家」

「……りがとうございます。すみません……、眠ってしまって」

シートに沈んでいた姿勢を正し、かすれた寝起きの声で礼を言ったら、かわいいと言われた。

「本当にかわいいよな、先生って。みんなに言われない？」

「言われません」

そんなの面と向かって言われたことはない。さっきの夢の延長みたいな現実に、胸が期待にふくれて高鳴っていった。心地いい緊張感とくすぐったさに包まれていた時、膝の上で握りしめていた右手をふいにつかまれた。

「プレゼント」

天井に向けて裏返された手のひらに、チューブのようなものを握らされる。

「歯磨き粉、ですか？」

「まさか。ハンドクリーム」

するん、とまたすぐ手の中から容器が抜き取られる。

「先生って食器洗う時、ゴム手袋使わないだろ」

「わたしは目が見えないので、泡や汚れが残っていないか、指先で確認しないと不安なので」

「うん。先生、顔とか首筋の肌きれいなのに、手がけっこう荒れてるからさ、一緒に洗い物した時にそうなんだろうな、って思った。このクリーム、美容師さんとかも愛用してるやつらしい。匂いもしないし、仕事中でも使えるから」

右手の指先をまとめて引っぱられ、手のひらに冷たいクリームが落とされる。

「あの、ちょっと……」

日根野谷が握手するみたいに、手のひらに乗ったかたいクリームを自分の手を使って伸ばしてくる。二人の体温でクリームはあっという間にやわらかくなり、戸惑う二ノ瀬を無視して、日根野谷は指の股や爪の側面まで丁寧にすりこんでいった。

「こっちも」

「え、あ……」

今度は左手を取られ、同じようにクリームをまぶされる。指の股と股を絡めて擦り合わせるように往復する動きがなんだか卑猥《ひわい》で、車内は暖か過ぎるくらいなのに体がぞくぞく震えた。

ずっしりとしたクリームの質感は、いつの間にか皮膚に吸いつくように浸透していた。きっといいものなのだろう。

「ありがとうございます。わたしはなんだか、日根野谷さんにいただいてばかりです」

名刺も、日本酒も、ハンドクリームも、今日のデート代だって支払わせてもらえなかった。

「いいじゃん。俺が先生にあげたいんだから」

日根野谷はとびきり甘い声で甘いセリフを吐いた。エロティックな触れ方をしながらそんなことを言われたら、体の芯までとろけてしまいそうになる。

二ノ瀬の中で、日根野谷から施される愛情を明確な形にしてほしい欲が出てきた。そんな気持ちが、知らず知らずのうちにあふれ出ていたのかもしれない。

しっとり潤った手を、日根野谷はなかなか離さなかった。車内には長い沈黙が落ちていて、二ノ瀬が次の言葉を求めるように視線を運転席に向けた時、唇になにかが触れた。

緊張で乾いた唇に触れた瑞々しい感触には、覚えがあった。それは以前、調理中に指を切った時に触れた、唇の感触だった。

(キス、された……?)

唇が離れて数秒後に気づいた。それがキスだと認識したら舞い上がりそうになってしまい、落ち着くために一度深呼吸をした。つながれていた手がそっと膝の上に戻され、隣の日根野谷のかしこまった気配に合わせて息を詰めた。これから大事なことを告げられるのだと居住まいを正す。

「先生に、話しておきたいことがあるんだ」

「……はい」

一昨日、食事に誘ってくれた時にも言っていた。日根野谷が話したいこととはいったいなにか。

(告白、してもらえるのかもしれない)

二ノ瀬はこれまでの日根野谷の自分に対する言動の数々から、そんなことを思いはじめていた。先ほどのキスと、今、隣から発せられる緊迫した空気に、予感が現実になる近い未来を想像していた。痛いくらいに高鳴る胸を持て余しながら、日根野谷の次の言葉を待った。

けれど、告げられた言葉は二ノ瀬の期待と正反対のものだった。

「実は俺……、今、付き合ってる彼女がいるんだ」

「………」

自分の求めていたものと違う答えが返ってきたせいで、しばらくなにを言われたかわからなかった。その後、ゆっくりと時間をかけて混乱した。日根野谷の言葉を理解することを拒絶するように、頭の回転がにぶりはじめる。

彼女。恋人。日根野谷の恋人。日根野谷には恋人がいる。

頭の中で反芻し、ようやく理解が追いつく。

「彼、女………」

キスをされた直後に信じられない突き放され方をされて、ひとこと呟いたきり、二ノ瀬のにぶって
いた思考は止まってしまった。

「このこと、先生にはちゃんと伝えておきたかったんだ」

静かに紡がれる日根野谷の声を、耳はただ音として受け入れていた。

「先生とはこの先もずっと、誠実に向き合っていたいから」

日根野谷には彼女がいて、その彼女との関係を自分にはきちんと伝えておきたかったと言う。

誠実に向き合いたいからだと言う。

(じゃあどうして、キスなんてした……?)

そんな疑問が頭に浮かび、日根野谷を責め立てたくなったが、実際はそれを問う気力もなく、返さ
れる答えを受け止める自信もなかった。

日根野谷から言われた言葉を一音一音、脳に刻みこみ、時間をかけてやっと彼の言っている意味を
理解することができた。

「わかりました」

声が震えてしまわないよう、慎重に告げてうなずいた。

どうやら自分は、はなはだしい勘違いをしてしまっていたみたいだ。

友達として自分を大切に思っていてくれた相手に、恋愛感情を勝手に抱き、こちらも好かれているのではないかと思いこんでいた。それはキスをされた瞬間にほとんど確信に変わったが、今ではその一瞬の触れ合いすらも、自分が都合よく解釈した幻のような気がしていた。

(本当に唇だったかすらあやしい……)

ハンドクリームを塗り、潤いをまとった手がたまたまぶつかっただけかもしれない。目が見えない上、十年以上恋人のいない二ノ瀬は、キスの経験もほとんどないに等しい。時間の経過による忘却と日根野谷から伝えられた彼女の存在のせいで、先ほどは確信できたことがもうすっかりわからなくなってしまった。

つい今しがたまでの期待に浮ついていた自分を、なんだか滑稽でみじめだと思った。けれど羞恥心は欠片も湧いてこなかった。

ただ悲しみだけが体を支配していて、心臓が焼け野原に放り出されたみたいに、胸がひりひりとただれたように痛んでいた。

「その彼女の話なんだけど……」

もう終わった話だと思ったのに、日根野谷がまた言葉を継いだので、二ノ瀬は恐怖で全身をぶるっと震わせた。

「もうあの、いいです」

これ以上、日根野谷からなにも聞きたくはなかった。彼女の話などしてほしくなかった。

「いいって……、待って。続きがあるんだ。最後まで聞いて」

「もう、あの………」

「聞いてよ。先生にとっては、聞きたくないことかもしれないけど」

（聞きたくないことを聞かされてしまう……！）

二ノ瀬はパニックに陥りかけて、咄嗟に両耳を手でふさいだ。

「聞きたくありません。あの本当に、もう、勘弁してください。お願いします……」

耳をふさぐと日根野谷の声が聞こえない。目も見えない。感覚の遮断された状態で、自分の体の震えだけが認識できた。

そのまま、いくらか時間が過ぎた。右手首をそっとつかまれ、体がびくっと大きく揺れた。

「さ、さわらないで、ください……、日根野谷、さん、っ放、して」

ほとんど音にならない声で訴えたら、すこしして腕は解放された。

「もうなにも言わないし、さわらないから。落ち着いて呼吸して、先生」

「…………っ」

諭すような日根野谷の言葉が微かに聞こえて、自分の吸う息と吐く息のバランスが崩れていることに気づいた。引きつった呼吸で無理やり「大丈夫」と告げたけれど、意味を持って伝わったかどうかはわからない。

そんな状態にもかかわらず、二ノ瀬は白杖を手に取って、気づくと助手席の扉を開けていた。車内から呼び止める日根野谷の声を無視して車の外に出ると、自分を落ち着かせるために何度か深呼吸を繰り返した。

寒風が肺いっぱいに行きわたると、涙が一滴こぼれ落ちて、慌てて目をぬぐう。

運転席から出てきた日根野谷が背後から「先生！」と焦ったように呼びかけてくる。声を聞いたらまた涙が出そうになって、見えない目にぐっと力をこめて、精一杯の笑顔で振り返った。

「今日はありがとうございました。とても楽しかったです」

「うん、俺も楽しかったよ。だから、先生、また今度——」

「さようなら」

日根野谷の言葉を遮って頭を下げ、鍼灸院の扉の位置を確認すると、震える手で鍵を開けて中に入った。扉が閉まる寸前、強い風と一緒に日根野谷の「さよなら」というさみしそうな声が室内に入りこんできて胸が締めつけられる。

「ふ……、……ぅっ」

ひとりきりになった瞬間、こらえていた涙があふれ出す。

見える機能を失った目から、こんなにたくさんの感情を含んだ水が流れ出てくるのが不思議だった。トラウマになるほどの失恋をした高校生だったころのあの日だって、一滴の涙も出なかったというのに。

鍼灸院の年内最終日は午前中のみの営業で、午後からは院内の大掃除に努めた。

器具類を滅菌し、洗濯機を数回にわけて回しながら、水回りの清掃を終え、床を磨き上げていく。

無心になれる掃除の時間が、好きだった。

けれど今日はどれだけ頭を空っぽにしようとしても、雑念に支配されてしまう。

日根野谷と遠出した日から、今日で三日が経っている。あの日の帰宅後に『また連絡します』という短いメールが一通、日根野谷から届いていた。涙が止まらないまま、泣きつかれて眠ってしまったため、それには結局返信できていない。

あの日のことを日根野谷はデートだと言ったが、実際はデートなんかではなかった。彼女持ちの男が他の人間とデートをしていたら、それは浮気になる。そもそも男同士でデートだとか浮気だとかいうこと自体がおかしい。

けれど、彼女がいるのにデートだなんて言った日根野谷を二ノ瀬は責めることができない。

(デートって言ってくれたのは、日根野谷さんなりの気づかいだったんだろうな……)

冷静になって思い返してみると、日根野谷は友達として親切にしてくれていたのだとわかる。

名刺やハンドクリームをプレゼントしてくれたのは、義理堅い彼の誠意だったたし、一平に対するヤキモチも、過去の失恋話に怒ってくれたのも、すべては日根野谷の、ちょっとした冗談を含めた友情の範囲内での親愛表現だった。

広報という仕事柄、日根野谷は人との距離感が近いのかもしれない。モテる日根野谷のスキンシップや親身に話を聞く姿勢が、男の自分を恋愛の対象として見てくれていると、飛躍した勘違いに至ったことを二ノ瀬は今さらながら恥ずかしく思った。

マアブルでの年忘れパーティで、一平が日根野谷に「モテ過ぎると大変なこともある」と言っていたことを思い出す。二ノ瀬の気持ちに気づいていた日根野谷は、男友達に好意を寄せられて困っていると一平に相談していたのかもしれない。実はもうあの時点で二ノ瀬の恋愛感情は知られていて、それが日根野谷を追い詰めていたのだろうと今ならわかる。

（目が見えないせいで、見落としていたこともあったのかな。日根野谷さんの表情がわかっていたら、気づけていたこともあった……？）

そんなふうに考えてしまい、自身の視覚障害を恨むような思考をしたことに嫌気が差し、悲しくなった。だが事実として、恋愛と縁遠い目の不自由な男が、モテる男に恋愛対象として好かれているかもなんて、そんな調子に乗った思考に一度でも浮かれていたのだから、きっと障害によって見落としていたことはあったに違いない。

そう考えると、日根野谷から自分はどのように見えていたのだろう。

友情としての親愛を恋愛のものと勘違いして、触れられるたびに顔を赤くし、照れてはにかむ男を見て、日根野谷は滑稽だと思ったのだろうか。哀れだと思ったのだろうか。

日根野谷にはすべてを見られていた。日根野谷に恋心を抱くまでの表情の変化を、すべて知られていた。だから、日根野谷は二ノ瀬の気持ちに気づいてしまい、最後にデートの思い出をくれて、彼女の存在を明かしたのかもしれない。

この先も自分と、友人として誠実に向き合っていくために、大切に思っている恋人がいるのだと。だから、あきらめてほしいのだと。

三日前の夜、さんざん流して枯れてしまったと思っていたのに、目の表面にはまた新たな涙が浮かんでいた。ゆっくりまばたきをすると、磨き上げたばかりの床に大きな涙の粒がぽつり、ぽつりと落ちた。

（失恋、したんだ……）

自分の思いは、日根野谷に受け入れてもらえない。その事実に悲しみが全身を駆け抜け、泣いても泣いてもまだ泣けてくる。

なんて強欲なんだろう。日根野谷は最後の思い出をくれて、彼女の存在を明かしてくれて、誠実に友達になろうとしてくれているのに、自分はもうそれでは満足できなくなっている。

日根野谷を失いたくなくて、ずっと一緒にいたくて、それなら友達としてそばにいられればいい。そう思っていた時もあった。けれど一度解放してしまった恋愛感情は、友達のままでいることを拒絶する。嫉妬にまみれ、自分以外の誰かが日根野谷のいちばんであることを許してくれない。

二ノ瀬は自分の心にまとわりついた激しく醜い感情を捨ててしまいたかった。けれどそれを捨てることで、自分のすべてがなくなってしまうとも感じていた。

やはり恋愛は禁忌だった。甘い蜜に手を出した結果、いちばん大切なものを手放さなければならなくなってしまった。

(日根野谷さんのことを忘れよう。忘れる努力をしよう)

ずっと孤独に暮らしてきた、幸せだった日々へ、まだ日根野谷を知らなかったあの時へ戻ろう。

誠実に向き合おうとしてくれたのに申し訳ないと思う。けれど、この先も友達として付き合いを続けてくれようとしている日根野谷の隣で、ゆがんだ恋愛感情を持ち続けたまま彼と接することはできない。きっと日根野谷は自分を拒絶することはないけれど、だからこそ一緒にいると変な気を遣わせて、負担をかけてしまう。

二ノ瀬はこの先、日根野谷を以前のように友達として見ることはもう無理だろうと感じていた。自分には頑固なところがある。一度自覚してしまった感情をねじ曲げることはできない。恋愛に溺《おぼ》れてしまったばかりに、友達に戻ることすらできず、自分がいちばん恐れた日根野谷と縁を切るという選択をする結果となったことが悲しかった。

毎週と約束した土曜の食事会は、結局二回しか実行されていない。それでも、今週もなにか理由をつけて中止にしてもらおう。そして疎遠になる日が来たら、日根野谷がくれた思い出を胸に、今度こそ二度と恋愛をせず、孤独で幸せな日々を送ろう。

二ノ瀬は自身の涙で汚れた床を再度磨き上げると、決意を固めて大掃除を終えた。


その日の夜に、一平から電話がかかってきた。

『あ、唯史？　今、電話大丈夫？』

「大丈夫」と答えつつ、日根野谷に失恋したことを一平に話すかどうか、二ノ瀬は考えた。

でも一平には高校時代の失恋で迷惑をかけているし、また余計な気を遣わせることにもなるかもしれない。

とりあえずこの件は保留にして、電話の用件を尋ねた。

『実は、ちょっと報告したいことがあって電話したんだけど』

「声がなんだかにやけて聞こえるけど、なにかいい報告？」

いつもの一平の声よりすこし浮ついている気がして聞いてみると、「さすが唯史！」とまた浮かれた声が返ってくる。

『今日電話したのは、子供ができたって報告したくてさ』

「え、え、え……、こ、子供！」

唐突な吉報に、素っ頓狂な声が出た。

『うん。愛子のお腹、今妊娠三か月に入ったんだ。この前のマアブルの年忘れパーティの時に言おうかと思ったんだけど、タイミング逃しちゃって。まだ安定期には入ってないんだけど、唯史には早めに報告しときたかったからさ』

「うわあ、そっか！　おめでと、おめでとう！　一平、お父さんになるんだな」

『うん、ありがとう』

二ノ瀬のはしゃぎように一平は照れながら、しばらくおめでとうとありがとうを繰り返して笑った。

そして二人で気が早いと言いながら、理想の父親像と子供の名前について話し合った。

「それなら一平、これからは僕のことなんか気にせず、愛子さんの体調を慮《おもんぱか》ってあげなよ」

通話の最後、人の好い一平はずいぶん昔の約束を忘れず定期的に様子を見に訪ねてきてくれるので、今後はそういうわけにはいかないと釘《くぎ》を刺しておいた。

「僕も一平には頼り過ぎないようにするから」

『唯史がおれを頼ってくれたことなんてないじゃないか』

「ああ、そうだったね」

『認めるな！』

冗談を言い合って、ひとしきり笑った。正月は帰省した実家でまた会おうと約束し、電話は切られた。

一平には、日根野谷とのことをやはり話さないでおこうと思った。愛子と新しい命のことをいちばんに考えなければならない時に、自分のくだらない失恋話などで悩ませるわけにはいかない。

一平と話しているあいだはただただ嬉しくて気が紛れたが、通話を切ってしばらくしたら、じわじわと失恋の悲しみがぶり返してくる。

もうあきらめて忘れると決めたので、このことをいつまでもうじうじ考えていてはいけないと思うのに、感情は意思を無視して体から切り離され、単独でジェットコースターに乗せられているみたいだった。


片道二時間半をかけて、東京から実家のある長野へ、二ノ瀬は電車で帰省した。

毎年、目が見えないと電車に乗るのは危ないからと、一平夫妻から一緒に戻ろうと誘われているが、今年は愛子が妊娠していることもあって、二人に気を遣わせないよう一日ずらして帰省した。

「唯史、よう来たね。お疲れさん」

一年ぶりの実家の匂いと母のねぎらいの言葉に、涙がこぼれそうになった。

自分が弱っている自覚はあったが、こんな些細なことでと情けなくなる。ここ数日は涙腺がバカになったのか、ふいに涙が出そうになる瞬間が何度もあった。自分で日根野谷と疎遠になる道を選んだくせに、心はその選択にまったく対応できていない状態だった。

「ただいま」

頰の筋肉に力を入れて、なんとか笑って見せた。

「ちょっと痩《や》せたんじゃないの」

「……そうかな」

「元気ないように見えるよ」

母の鋭い指摘に、なにも言えずに苦笑いを返した。

「さあ、上がり」

それ以上はなにも言わないで、広間へ引き返したらしい母親についていく。

「おかえり、唯史。元気にしとったか。クリスマスに送ってくれたパン、うまかったぞ」

「お父さん、あれはパンじゃなくてシュトレンだって毎年言ってるじゃん。久しぶり、唯史。シュトレン、今年もおいしかったよ」

広間には父と、実家の近所に住む姉の奈緒と、産まれて間もない奈緒の三人目の赤ん坊がいて、二ノ瀬を迎えてくれた。奈緒の夫と上の二人の子供は、車でスーパーにおせちの足りない食材を買いに出かけているらしい。奈緒の三人目の男の子と初対面し、愛子の子供も産まれたら、来年の帰省はさぞかし賑《にぎ》やかになるなと考えると微笑ましい気持ちになった。

ひとり暮らしの自宅にはないこたつに足を入れ、ずっと外にいて冷えきった体を温める。みかんや干し柿を食べろとか、半纏《はんてん》を着ろだとか、なにかとかまいたがる家族にここぞとばかりに甘えた。自分にとっての幸せが、日根野谷といない時間にあるのだと心と体に教えこませるために。

二ノ瀬家の大晦日《おおみそか》の夜は、みんなでこたつに入って蕎麦を食べ、早めに眠る。そして目覚めたら元旦の早朝から、近所の神社に初詣に行き、帰りに一平の家族と合流して二ノ瀬の実家に戻ると、昼前から毎年恒例の大宴会がはじまる。

家族の誰かが近所に挨拶に行き、別のご近所さんが挨拶にやって来る。隣町に住む親戚《しんせき》がひょっこり顔を出して酒を飲んで行ったり、餅《もち》を届けてくれたり、元旦の二ノ瀬家は一日中、人が出たり入ったりを繰り返して忙しなく過ぎていく。

二ノ瀬は落ちこむひまもなく、誰かと酒を交わしたり会話をしたりして夕刻までを過ごしていた。人が途切れた時に広間を抜け出し、なにげなく携帯電話を確認したら、日根野谷からメールが一通届いていた。

『先生、あけましておめでとう。俺は実家に帰省中だけど、先生も今は長野にいるのかな。この前の話の続き、落ち着いたらまた聞いてほしい。それと正月が明けたら、また先生の家でおいしいごはん食べさせてくれたら嬉しい。というわけで、今年もよろしくお願いします』

日根野谷のいない場所でゆるんでいた体が、緊張をはらんでこわばる。

メールの内容を読み上げる機械の音声を聞きながら、前に日根野谷にもらったメールにも返信できていないことを思い出す。今回は返さなければと思うけれど、携帯電話を持つ指は震えるだけで動かない。

日根野谷と離れる決断をしたのだから、この前の話の続きはもう聞けないし、正月以降の食事会は中止にしてほしいと伝えるべきだ。そうしなければと思うのに、脳裏には実家にいるという日根野谷が付き合っている恋人と一緒に帰省して、今まさに楽しい時間を過ごしているといった根拠のない暗い妄想ばかりがよぎっていく。

結局、ひとりで勝手に悲しくなっただけで返信すべきメールは送ることができず、そっと携帯電話を鞄に仕舞った。


一夜明け、一月二日の二ノ瀬家は、昨日の賑やかさが幻だったかのように静かになる。

二ノ瀬は午前中、一平の家まで出向いてつわりがひどくなってきた愛子に灸をしてやり、帰宅すると午後からは母に頼まれていたマッサージを施していた。

「唯史は、結婚しないの？」

相変わらずこわばっている母の肩をほぐしていると、突然踏みこんだ話を振られて、手が一瞬止まった。

「目の見えない僕が、子供を育てるのは難しいから。ごめん」

(結婚どころか恋愛も無理だ……)

恋愛も結婚も元々あきらめていたはずが、妙な期待をして男の日根野谷に失恋し、心の傷は修復不可能になっている。そんなことは母には言えず、体のいい返事で会話を終わらせようとしたのだけど。

「無理強いはしないよ。奈緒が三人産んで、私も孫の顔が見たいというのももうないしね。だけど母さんね、あなたは本気で子供を欲しいと思っていれば、目が見えなくても育てる人だと思ってるんだけど」

「違う？」と問われ、返事に詰まってしまった。帰省して顔を見せた瞬間から、母にはいろいろ見透かされているような気がしていた。

「それに結婚って子供を産むためだけにするものじゃないでしょ。人生を共に歩んでいく大切な人と一緒にいるだけでもいいんじゃないの。そういう人はいないの？」

「………」

そういう人と言われて、思い当たるのはひとりだけ。

けれど人生を共に歩みたいと思う人に、別のパートナーがいる場合はどうしようもない。

「うん、まだ……」

弱々しく答えると、息子がなにかつらい思いをしていると気づいているのか、母は「そう」とひとこと返して静かに笑った。

「まあ、いいパートナーに出会えたら、簡単にあきらめずに、その人と真剣に向き合ってみなさいな」

最後にそんな助言をもらった。

（いいパートナーに出会えたと、思ったんだけどな……）

二ノ瀬は心の中で呟き、最後まで丁寧に母の肩をほぐしていった。

おだやかな家族との時間はあっという間に過ぎ、二ノ瀬は四日間の滞在ののち、東京へと帰った。

正月休みが明け、鍼灸院は通常営業に戻っていた。

実家に帰省していた元旦にメールが来たきり、一週間以上、日根野谷からの連絡は途絶えている。元旦のメールには、正月が明けたら二ノ瀬の家で食事をしたいとあったが、今日は正月明けの土曜日だというのに、なんの音沙汰《さた》もなかった。

これはいい兆候だった。このまま連絡が来ない日々が続けば、日根野谷とは疎遠になる。そう考えた矢先から、なぜ連絡が来ないのだろうと不安にもなった。

そもそも二ノ瀬が日根野谷のメールに返信していないことが食事に誘われない原因なのかもしれない。けれどもし誘われたらどうやって断ろうかと考えていた二ノ瀬は、自分勝手にも落ちこんでいた。断るつもりだったのに連絡がないことに傷ついている自分は、いったい何様なのだろう。

日根野谷とは距離を置き、約束の土曜の食事も中止にするつもりだったから、向こうから誘いがないことは喜ばしいことだ。そんなふうに考えてみても、心のほうは連絡がないことへの不安へと傾いていく。

日根野谷は気が変わったのかもしれない。

正月休みに、彼女とは過ごす時間もあっただろう。実家にも一緒に帰って、家族に紹介した可能性もある。彼女と過ごす時間が多くなれば、誠実に向き合いたいと告げた直後に送ったメールに返信も寄こさない男のことなんて、友達としてもうどうでもよくなってしまったのかもしれない。

それでいいと思う。日根野谷から嫌われてしまえば、疎遠になる時期も早くなる。日根野谷を忘れたい自分にとって好都合に事が進んでいる。

でも何度そう思いこもうとしても、心はひとつも納得してくれない。

(また日根野谷さんのこと、考えてしまった……)

放っておけばどんどん暗くなる妄想じみた思考を、首を横に振って打ち消した。仕事を終えてひとりになると、要らぬことばかりが頭に浮かんでくる。

気分転換にテレビをつけてみる。明るい誰かの声でも聞き流していれば気が紛れ、心がすこしでも晴れるかもしれないと思った。だからあのピアノ曲がふいに流れてきた時は、なんの冗談かと思った。

公園で日根野谷のイヤホンから流れてきた、静謐《せいひつ》な旋律。自分でもCDを購入して時々聴いていたけれど、その心地いい音階もリズムも、今は不快でしかなかった。慌ててテレビを消したが、無音になっても耳には、記憶になじみ深いピアノの音が残っていた。

実家に帰った時、ピアノのある部屋には足を踏み入れなかった。失恋する前までは日根野谷からまたピアノをはじめたら、と勧められたことで、実家が要らないというのならもらってもいいだろうか、などと浮かれて考えていた。けれど今はもう、ピアノの音など聞きたくなかった。

二ノ瀬はこの日からテレビをつけることも怖くなって、暗く静かな部屋でじっと、夜の時間が過ぎるのをただひたすら待つようになった。

週が明けた月曜日。昼休みに商店街で必要な買い物をして帰るところだった。

日々の夜の暗い思考は、だんだん朝や昼にも侵食していた。施術中は集中を途切れさせないよう十分に注意しているが、休憩時間は暗い考えに耽っている時間が増えた。今日も考え事をしながら外をぼんやり歩いていると、すれ違った人と軽く肩がぶつかってしまった。

「あ……、すみません」

ハッとして青ざめ、ゆっくり振り返って頭を下げた。目の前に人の気配は感じるが、相手はなにも言わない。

しばらく待っても反応がないため、もう一度小さく会釈をして、二ノ瀬はまた歩き出した。

肩がぶつかった時、百合《ゆり》のような香りがした。女性だったのかもしれない。申し訳ないことをしてしまった。

近所の商店街の人たちは二ノ瀬の目が見えないことを知っているが、この地域の外の人だと、白杖を持っていてもそれをほとんど使わず歩いているのだから、二ノ瀬を晴眼者だと思う人もすくなからずいるはずだ。

自分の不注意による人との接触で、さらに気分は落ちこんで帰宅した。

「なにしてるんだろう」

むなしい独り言を呟いたら、また涙が出そうになった。

自分はこんなに弱い人間だっただろうか。

日根野谷に恋人がいるとわかった。それならばもう忘れるしかない、と何度自分に言い聞かせても、とらわれてしまった心は言うことを聞かず日根野谷への恋情へと傾いていく。

「どうすることもできないのに」

ふと心の中が呟きになってもれたのは、翌日の朝いちばん、愛子に鍼を打っている施術中だった。

「二ノ瀬くん、なにか言った？」

「な、なんでもありません」

青ざめながら首を振り、なんとか笑顔を取りつくろった。

患者と向き合っている施術中だけは、絶対に集中力を途切れさせてはならない。それだけは守っていたのに、夜を抜け出した暗い思考はついに、仕事の時間にまで侵食しはじめていた。

「ひどいつわりも、鍼してもらったらだいぶ楽になるんだ。二ノ瀬くんの鍼灸院が近所にあって、本当に助かるよ」

愛子の言葉を聞いて、一度深呼吸をして目を瞑《つむ》り、気を引き締めた。自分を信頼して来てくれる患者の体に触れている時だけは、集中しなければ。さっきのようなことは二度とあってはいけない。

施術を終えた愛子を見送り、予約と飛び入りの患者をひとりずつ診て、午前の診療は終了した。

昼休憩に日課の散歩へ行く時も、二ノ瀬は昨日の失敗の反省から気をゆるめなかった。夜に家で自分ひとりの時にはどこまで落ちこんでもいいけれど、施術中や散歩中に気持ちを引きずっていると、誰かに迷惑をかけてしまう。

今日は、普段以上に気を張って歩いていた。けれど家まであと数メートルのところで、また誰かと肩がぶつかった。

冷たい空気に混じって、昨日と似た百合の香りがした。

（もしかして、同じ人……？）

心臓がどくんと大きく揺れて、二ノ瀬はこわごわと振り返った。

「すみません」

謝罪の言葉を告げたが、今日も反応はない。相手がぶつかったことを気にしていないなら、立ち去るはずだ。けれどまだ百合の香りは正面から漂ってくる。

「あの、お怪我はありませんか？」

「………」

質問にも返事はなく、二ノ瀬はだんだん怖くなってきた。その後もしばらく待ったが、相手は無言のまま立ち去る気配もないので、昨日と同じ流れで軽く会釈をしたあと、足早に家路についた。

（いったいなんだったんだろう……）

今日はいつもより散歩に集中していた。昨日みたいに日根野谷のことを思いながら歩いていたわけじゃなかった。

これは偶然だろうか。それとも必然？

ぶつかった相手からは昨日と同じ百合の香りがした。けれど声は聞けていないので、同じ人物だとは断定できない。

住み慣れたこの街で危険を感じる出来事に遭遇するのは、はじめてのことだった。たまに一平に連れて行ってもらう繁華街では、集中して歩いていても誰かとぶつかったり足を踏まれたりした経験があったが、この地域の人たちは二ノ瀬の目が見えないことを知っているため、見かけたら積極的に声をかけてくれるし、道路工事の情報なども提供してくれる。だから散歩の時間帯とルートさえ変えなければ安全だという意識があった。

（外部の人だろうか。それとも、この街の人……？）

考えはじめると、ここ最近のマイナス思考の影響で、脳内が自然と暗いほうへ流れていきそうだ。良くない傾向だった。

（たまたま二日連続で、人とぶつかっただけじゃないか）

怖いけれどわからないことを考えても仕方がないと、二ノ瀬は割り切ることにした。

事実だけを確認し、このことには深入りせず、午後からの仕事に集中した。

そしてその翌日の昼休憩にも、日課の散歩に出かけた。特に買うものはないが、ひさびさに喫茶マアブルに寄って、千景ママと会話を楽しみながらフルーツジュースでも飲むつもりだった。

いつもよりすこし警戒しつつマアブルまでの道を歩いていると、突然、背中を押された。

昨日や一昨日のような、肩がぶつかったふいの接触という感じではない。明らかに相手の両手のひらがべたりと背中について、後ろから力強く突き飛ばされた。

「……！」

目玉が飛び出るような衝撃を受けて、一瞬、なにが起こっているのかわからなかった。二ノ瀬は右手から白杖を手放し、気づくと手のひらと膝を地面について、犬のような格好になっていた。

その態勢のまま、ゆっくりと振り返る。斜め上のあたりをじっと見つめていても、気配は感じるが相手はなにも言わない。体が震えて立ち上がることもできずに見上げ続けていると、相手はひとことも発さぬまま立ち去っていったようだった。目の見えない二ノ瀬に情報を与える、たとえばヒールの音や靴底の地面にすれる音など、その人となりがわかるようなものを残さないまま、いつの間にか目の前の気配は消えていた。

（誰……？　どうして……？）

風に乗って、百合の甘い残り香が微かに漂ってきた。静けさが恐ろしく、二ノ瀬は気づくと無心でリュックを開けて手を突っこみ、携帯電話を探していた。指に触れたかたい感触をすがる気持ちで取り出して、ふと我に返る。

自分は今どこに連絡して、誰を呼び出そうとした？

『いくらでも助けてやるよ』

いつかの日根野谷の声が、脳内に響いていた。

背中を押された恐怖とは別の悪寒が背筋に走る。

理由のわからない暴力が、怖くて悲しくてどうしようもなくなって、助けてほしいと電話をかけようとしていた。その相手は一平でも、実家でも、警察でもない。

その時、二ノ瀬の頭に浮かんでいた人物は……日根野谷だった。

無意識の行動だっただけに、激しく動揺した。日根野谷を忘れようと躍起になっていた自分が、恐怖に怯えてすがろうとした相手が彼ではいけない。

いけないのだ。

(そんなことはわかってる……!)

けれどどうしようもなく会いたい。会って不安を全部吐き出して、心配ないって言ってほしい。その相手は一平でも家族の誰かでもなく、日根野谷がいい。

でも、それは許されないことだ。

二ノ瀬は、かたく握りしめていた携帯電話をゆっくりとリュックの中に戻した。

(こんなことで、情けない)

ここ最近の自分は、本当にふがいない。理不尽な出来事に立ち向かう思考も生まれず、ただ怯えるだけで、日根野谷にすがろうとしていることが許せなかった。

それに日根野谷は、恋人のいる人だ。そんな無理難題を押しつけてはいけない。彼を恋愛の対象と

して好きでいる限り、この感情が友情でない限り、頼ることはできない。

二ノ瀬は自分の心に言い聞かせ、手のひらについた砂の粒を払って立ち上がり、マアブルへは向かわず、震える足で来た道を引き返した。


その翌日と翌々日は雨だった。

雨の日は、よほど急ぎの買い物でなければ、昼休憩に外出しないことにしている。

午前の施術を終えて自室の窓から手を突き出し、皮膚に冷たい水がかかるのを確認すると、外に出なくて済むのだ、とほっとした。

その時、リビングのテーブルに置いてあった携帯電話が振動した。さっきまで施術中だったため、音を消していたのだ。ここ数日は、ちょっとした音にも警戒心を抱くようになっていた。目が見えないぶん、恐怖や不安を感じると他の器官が敏感になる。

着信したメールは、一平からだった。先日の愛子の施術に対する礼と近況の連絡だった。返信しつつ、最近自分の身の回りで起きていることは一平にも黙っておこうと決めていた。愛子がつわりでつらい時に、些細なことで迷惑をかけたくなかった。

返信後すぐ、ふたたびメールが着信する。一平からだと確信しながら音声を聞くと、それは日根野谷からだった。

『先生、元気にしてる？　このあいだの土曜日はちょっと予定があって連絡できなくてごめんなさい。

明日の夜、そっちに行きたいんだけど、予定空いてますか？　先生に話したいこともあるんだ』

明日は土曜だ。

メールの文面を読み上げる音声が、二週間ぶりの日根野谷のメッセージを機械的に伝えてくる。

送った二通のメールに返信しなかった二ノ瀬を、日根野谷は責めるようなことをしなかった。それどころか、土曜の約束について連絡しなかったことを謝ってさえくれている。

日根野谷から食事の誘いが来なかったことで友達としても見限られたのかもしれないと落ちこんでいたが、そうではないことがわかってバカみたいに安心している自分が心底情けなくなってくる。

ただ、ちゃんと話したいこともある、と日根野谷は伝えている。それはこの前二ノ瀬が途中で遮った、日根野谷の恋人の話の続きだろう。

（会えば彼女のことを相談される？　それとも実家に一緒に帰って結婚が決まったなんて話だったりして……）

どういった内容にせよ、今彼女に関することはなにを伝えられても耐えられそうにない。

水族館に行った帰りの車内で彼女がいると告げられた時のような、ひどく取り乱した姿は日根野谷に二度と見せたくないし、精神的にまいっている今、彼女に関する話をすこしでも聞かされたら、確実に前以上に取り乱す自信があった。

一昨日、不安で会いたくて仕方がなかった相手から、いざ会おうとメールが来たら、途端に会うのが怖くなってしまった。

意志薄弱な自分に活を入れるため、二ノ瀬はぶるりと全身を揺らして、頬を両手で張った。日根野谷に出会う前の、ひとりで生きていける強い自分を取り戻さなければならない。日根野谷のことは忘れると決めたのだ。自分のことは自分で解決する。

食事の件を中止にしたいと伝えたら、またなにかおかしいと気づかれる可能性がある。二ノ瀬は慎重に言葉を選びながら、メッセージを作成した。

日根野谷からのメールを最後にもう一度だけ機械に音読させてから、首を何度も横に振って、本当は泣きついてしまいたいと思っている邪念を振り払い、返信した。

『今週は忙しくて、土曜は空いていません。この先もしばらく忙しいので、ごはんはご自分で栄養のあるものを食べてください』

翌日は天気が回復し、冷蔵庫の中身もほとんど空っぽになっていたため、昼休みに買い物に出なければならなかった。

(あんまり悪いほうに考えないようにしよう)

誰かのいたずらだ。この先もひとりで生きていくのだから、これぐらいのトラブルは自分でなんとかしなければならない。

午前の最後の患者を見送って、外に出る。商店街を回っておもに食材を調達したあと、喫茶マアブルで千景ママと世間話をしながらバナナジュースとホットサンドを飲食した。帰る道すがら、ふと、百合の香りがした気がした。

一瞬のことだった。思い過ごしだと思いたかった。

背後から右肩を叩かれる。軽くぽんぽんと二回。恐る恐る振り返ると、目の前からはっきりと百合の香りが漂ってきた。

「…………死んで」

「……っ！」

一瞬の、唐突な出来事だった。

右手から白杖がするりと抜き取られ、直後に頬を張られた。目が見えないと相手の動きを把握できないため、なんの準備もないまま突然に痛みを感じてパニックに陥る。

脳みそが頭の中で揺れたような感覚と、勢いで体の方向が変わってしまったことで、前後左右の感覚が瞬間的にわからなくなっていた。

声は聞いたことがない、知らない女性のものだった。呆然《ぼうぜん》としている二ノ瀬を置いて、今日はヒールの音を響かせながら、百合の香りの女性は去っていった。

家の外でひとりの時、白杖を持っていない状態というのは、目が見えなくなってから経験したことがなかった。

二ノ瀬はずいぶん長いあいだ、恐怖に震えてその場に立ち尽くしていた。

「か……、帰らないと……」

ようやく一歩足を踏み出すも、今いるここがどのあたりだったか、踏み出した先が北か南か車道か自宅の方向か、なにもわからない。普段、このあたりでは持っていてもほとんど使わない白杖だが、いざ手の中にないと途端に不安が襲ってくる。

（大丈夫。冷静に、冷静に）

二ノ瀬は自分に言い聞かせた。

いつもの帰り道だ。商店街にはたくさん知り合いがいる。本当に帰れなくなったら、声を上げて誰かに助けを求めることだってできる。

意識を街に集中させ、周囲の音を聞き、飲食店から漂う匂いで頭の中に地図を描く。足裏の感覚を意識していつもよりゆっくりと歩き、自宅へとたどり着いた。扉を開け、中に入って施錠し、震える息を吐いたら膝から力が抜けてうずくまった。

直後、鍼灸院の電話が鳴った。大音量でもない、いつも聞く音なのに、心臓がぎゅっと縮み上がる。院内のものの配置なんて知り過ぎているはずだが、立ち上がり、受話器を取るまでにレジカウンターにぶつかり、ベッドに足を引っかけた。

「お、お待たせしました、二ノ瀬鍼灸院です」

『…………予約を、お願いします』

つい先ほど聞いた声に似ていた。そんなことがあるわけないのに、受話器から一瞬、百合の香りがしたような気がした。

『はじめてなんですが、二ノ瀬先生の噂を聞いて、一度お伺いしたいなと思って』

気づけば電話を切っていた。また膝が震え出し、その場にへたりこむ。

さっき白杖を盗んでいった女性の声かもしれない。「死んで」と言ったあの声。

切ってから数秒も経たないうちに、また電話のベルが鳴った。二ノ瀬は頭で考えるより早く、電話のコンセントとモジュラージャックを抜いていた。


「先生、顔色悪いよ。それにずいぶん痩せたんじゃない？　ちゃんとごはん食べてるの？」

常連の花屋の主人に指摘され、二ノ瀬は曖昧な笑みを浮かべた。

百合の香りの女性に白状を盗まれた日以降、宅配サービスに頼んで食材を届けてもらっていたため、外出せずともいつもと変わらない生活を送っていた。けれどせっかく買った食材で作った食事も、喉を通らなければ意味がない。花屋の主人の問いかけに二ノ瀬が応えられなかったのは、実際まともな食生活を送っていないせいだった。

ここ数日は、晴れの日も曇りの日も外に出なかった。しばらくは新規の患者を受け付けないことにして、常連のみの施術を行っていた。白杖の盗難について警察に相談することも考えたが、それで大ごとになって常連の患者や商店街の人たちに迷惑がかかったり、近所に住む一平や愛子の耳に入って心配をかけたりする可能性を危惧して、結局誰にも言わないことにした。

「先生、しばらく休んだら？」

本日二人目の八百屋《やおや》の奥さんからもそんなことを言われ、なにか失敗したかと思ったが、「鍼は効いてるよ」という言葉が返ってきてほっとした。

「疲れてるみたいだし、ちょっと最近変だし」

「変、ですか」

「だって今まではあたしが入ってきても鍵なんて閉めることなかったじゃない。昼休みに外にも出てこないし、ほら、電話線も抜いてるみたいだし、鍼してもらったあと世間話しててもうわの空で、時々びくっとしてさ、なんにもない後ろ振り返ったりして、変よ」

自分ではいつも通りを意識して振る舞っているつもりだったが、常連の患者にはおかしなことがばれてしまっているようだ。

その後も訪れた人たちに同様の心配をされ、二ノ瀬は年末年始の休みをたくさんもらったばかりなのに申し訳ないと思いつつ、数日間の臨時休業の貼り紙を出すことに決めた。

それから数日、仕事もせず、外出もせず、一階の店舗にすら降りることもせず、ひたすら自室にこもっていた。

普段は整然としている室内で、ハサミを踏んだ時はぞっとした。目が見えないとものを失くした時の探し物が大変なので、二ノ瀬の部屋はいつもあるべき場所にあるべきものが置かれている。ハサミなんて危険なものを元の場所に戻すのを忘れ、床に置きっぱなしにしてしまうほどに疲労が溜まっているらしい。

自分は今、どのような症状を患っているのだろう。鍼灸師として自身の状態を診ようとするも、睡眠不足で食べてもいないゆえ気力がなく、自分の体をどうにもうまくつかめない。とりあえず気休めに鍼をいくつか打ってみるも、効いている実感は得られず、気は良くなるどころかどんどん滅入っていった。

そしてまた、夜が来る。

臨時休業の貼り紙を出した一昨日、そして昨日と、二日連続で夜遅くに来客があった。来客とはいっても家に招き入れておらず、ただ呼び鈴が鳴らされるのを聞いているだけだった。

なぜなら、怖くて出られなかったからだ。深夜に連絡もなしに人が来ることなど今までには一度もなかった。それに呼び鈴の押し方が狂気じみていて、いつも音が鳴り終わる前に何度も何度も途切れず鳴らされ、それが数十分続くこともあった。

二ノ瀬はなんとなく、自分の背中を押して白杖を盗んだ犯人の女性が、なんらかの用件があってやって来たのではないかと推測していた。

不安な夜が早く過ぎるのを、ただ震えながら待っていることしかできなかった。どうやって今の状況を打破すればいいのか、それを考える気力ももう湧かない。

最近、目が見えなくなった時のことをよく思い出していた。徐々に鮮明さが失われていき、視界は閉じられた。けれど覚悟があったから、暗くなる視界に怯えながらも希望は見えていた。萌花とのことで一時は落ちこんだが、運命を受け入れて、きちんと生きていくと心に誓っていたから、怖さを抱えながらも最後は前向きに闘えた。

あの時のような強い自分を取り戻したい。理不尽な恐怖を与えてくる相手から逃げず、ひとりで立ち向かう強い自分になるには、どうしたらいいのだろう。

そろそろ、また呼び鈴が鳴らされる時間かもしれない。不安になった二ノ瀬は、すがりたい気持ちで携帯電話を手に取った。ここ数日は携帯電話に近づかないようにしていた。触れるとまた無意識のうちに日根野谷に連絡しようとしてしまいそうだったからだ。けれどもう限界だった。

充電が切れてしまっている携帯電話を手に取り、コンセントにつないで落ちていた電源を入れる。

四件のメールと一件の着信があった。実家と一平からのメールが一通ずつ。残り二件のメールと一件の着信は日根野谷からだった。

「日根野谷、さん……、助けて……」

思わず呟いた声は、体力と気力の不足と不安のせいでよれよれだった。

日根野谷には彼女がいて、自分は彼の恋愛対象ではないのだから忘れなければならない。誠実に友達として接してくれようとしている日根野谷に、醜い恋愛感情を押しつけてはいけない。

そんなことをずっと考えていたくせに、体面を保てないほど追いつめられた心は、純粋に日根野谷を欲していた。

震える指ですがるようにボタンを押し、日根野谷からのメッセージを再生する。

『彼女と別れました』

メールを読み上げる機械の声を耳にして、自分に都合のいいように聞き間違えたのだと思い、もう一度再生した。機械はたったひとことだが間違いなく彼女と別れたと言っている。

二ノ瀬は混乱し、ややこしい方向に深読みしそうになったところで、慌てて日根野谷の二件目のメールも音声化した。

『先生に会いたい。会っていろいろ話したいんだ。忙しいみたいだけど、このあと時間作ってもらえない？』

その後に着信が一件。伝言メッセージはなし。メールも着信も、つい二時間ほど前の二十時ごろに入っていた。

日根野谷が彼女と別れたという。なにが原因だろう。どちらが別れを告げたのだろう。

それですぐ自分に会って、いったいなんの話をする気なのだろう。

当たり前だが日根野谷が彼女と別れたことを単純に喜べるような気持ちにはなれず、わからないことばかりで不安がこみ上げてきた。ただ、日根野谷がひとり身であるのなら、守るべき誰かがいない状態であるのなら、今抱えている不安を伝えることが許されるのではないかと思った。

（全部、吐き出してしまいたい）

気持ちの昂《たかぶ》りがピークを迎えた時、玄関の呼び鈴が鳴らされた。

鳩尾のあたりに急速な冷えを感じ、一瞬忘れかけていた不安が舞い戻ってくる。

今日も来た。これからまた狂気じみた時間を耐えなければならない。

二ノ瀬はソファにうずくまりかけて、今日は呼び鈴が一度しか鳴らされていないことに気がついた。

昨日までは耳がおかしくなるくらいに何度も連打されていたのだ。

(もしかして……)

メールを再確認した。日根野谷が二時間前に送ってきたメールと着信。このあと会って話したいという内容。

一分ほど経って再度、一度だけ鳴らされた呼び鈴に吸い寄せられるように、二ノ瀬は立ち上がってよろよろとした足取りで階段を下りた。

昨日までとは明らかに違うベルの鳴らし方。日根野谷が来てくれたのかもしれない。

一階にたどり着き、鍼灸院の扉を躊躇《ちゅうちょ》なく開けた。

「日根野谷さん、ですか?」

希望をこめて尋ねるが、返事はない。

下りてくるのが遅くて、帰ってしまっただろうか。一歩外に出て、見えないけれど周囲を見回す。

その時ふと、近くから百合の香りがした。

「あの、どちらさまですか」

香りが濃く漂っているあたりに、人の気配がする。自分を押し倒し、白杖を盗んだ女性が、今日の前にいる。

メールの内容から日根野谷が来てくれたのではないかと思ったが、どうやらそれは勘違いだったようだ。

対面している相手から、まだ言葉はひとことも発されない。部屋着姿で薄寒いのに、二ノ瀬のこめかみからは汗が流れ落ちた。

「あの……」

再度、話しかけようとした時、カチカチカチ、とどこかで聞き覚えのある音がした。

思い出せそうで思い出せない音。

「……！」

その時そっと、左の頬に、冬の外気より冷たいなにかが押し当てられた。

「耀と別れて」

震えていて、聞き取るのが難しい音量だったけれど、やはりその声は白杖を盗まれた時に「死んで」と言った女性のものだった。

「ようと……？　別れて……？」

ただ、なにを言われているのかはわからない。

「日根野谷耀と、別れて」

女性は、今度ははっきりと言った。

なにが起きているのか咄嗟には理解できず、混乱に陥りかけた中、先ほどカチカチと鳴っていた音の正体を思い出す。

(カッターナイフ、だ)

刃を繰り出す時に鳴る、あの音だ。今、自分の左頬に触れているものが、薄いけれどよく切れるあの銀色の刃の表面だということに思い至った。

こめかみから流れる汗の滴が、頬を伝って顎からぽとりと落ちた。動くと刺されるのかもしれないという思いに怯えながら、真実を伝えるために小さく口をひらく。

「日根野谷さんとわたしは、付き合っていません」

「じゃあ、あきらめて。金輪際、あなたが耀に近づかないって約束してくれたら、傷つけないであげる」

百合の香りの女性は今度は歌うように言って、二ノ瀬の頬にカッターナイフの刃をぴたぴたと、離したり押し当てたりを繰り返した。

呼吸も忘れるほどの恐怖に襲われながら、必死で考えた。

彼女は白杖泥棒で、日根野谷の知り合いで、自分のことを嫌っている。だからこの場を何事もなく収めるには、彼女の望む通り、日根野谷に近づかないと約束すればいいだけの話。そうすればきっと、危険な刃物は仕舞ってくれるだろう。

けれどももし約束できなかったら、その刃は自分のどこに突き刺さるだろうか。今触れている頬か、もうすでに見えていない目か、それともまた別の場所だろうか。

無駄なことを考えている場合じゃない。とにかく日根野谷をあきらめると言って、この場を丸く収めよう。なにも難しくはない。先ほど彼女と別れたというメールが来るまでは、日根野谷のことを忘れようとしていたじゃないか。会う回数を減らして疎遠になろうとしていたじゃないか。頭ではそう考えられるのに、口は一文字に結ばれたまま、ひらかない。

だって、あきらめることはできない。日根野谷を遠ざけ疎遠になることに成功したとしても、自分の気持ちはずっと彼の元にあるはずだ。たとえこの先ひとりになっても、自分は日根野谷を思い続けるだろう。

（言いたくない……）

得体の知れない危険な女に、頰にカッターナイフの刃を当てられているこんな状況だというのに、日根野谷をあきらめるというひとことを、嘘でも言いたくない。

二ノ瀬は自分に呆れて、泣きたくなった。けれどこんなバカな恋する自分のことを、笑いたくなるくらいには愛おしくも思った。

「あきらめるって、言いなさいよ！」

間近から金切り声が聞こえてきて、鼓膜はびりびり震え、一瞬耳が遠くなった。

危険な相手を興奮させてしまった恐ろしさと眩暈が同時に襲ってきたその時、誰かがものすごい勢いで駆けてくる足音が聞こえた。

「なにしてんだっ、おい！」

咆哮《ほうこう》のような男の怒声が、今度は間近から聞こえた。普段とあまりに声色が違うため、それが日根野谷の声だと二ノ瀬はしばらくわからなかった。

「いい加減にしろ！」

頬に触れていたカッターナイフが、日根野谷の手によって奪われたのか、地面に落ちる音がした。日根野谷の荒い息づかいに混じって、女性の小さな悲鳴が聞こえた。

「おまえさ、自分がなにしてんのかわかってんのかよっ」

今までこんな怒っている彼の声を聞いたことがなかったので、助けてもらった安堵に包まれながらも二ノ瀬は衝撃を受けていた。

さっきまで自分を傷つけようとしていた女性のいるほうからは、恐怖と戸惑いが混ざったような空気が感じられた。

「耀は今まであたしに怒鳴ったことなんてなかったのに……。なんで、そんな怒るのっ」

「おまえが俺の大事な人を傷つけようとするからじゃねーか」

即答した日根野谷の氷のような声に、自分に言われたわけではないのに二ノ瀬はびくっと震えた。

「耀の大事な人はあたしだけなの！」

「は？　ふざけんな。時間かけて話し合って、別れることを納得してくれただろ！」

「納得なんかしてないっ」

まったく噛み合っていない会話を二人のあいだで聞いていたら、百合の香りの女性が日根野谷の別れた彼女なのだとわかった。けれど彼女のほうは日根野谷からの別れを受け入れられていないようだ。

「なんで？　どうして？　この人目が見えないんだよ。しかも男だよ？　この人のいったいなにがいいわけ？　目が見えるし、女だし、あたしのほうが絶対いいじゃん！」

右からドンッと肩を叩かれた直後、左から守るように腕を引き寄せられた。

「俺が先生を好きな理由を、おまえに理解してもらいたいと思わねーから」

（先生を好き……？）

今起こっている出来事と日根野谷と彼女の会話を聞いていると、だんだん事態がつかめてくる。けれど自分の望んだものと違う結果にひどく傷ついたばかりなので、今回は期待をせず、ただ二人のやりとりに聞き入っていた。

「なんでそんなひどいことばっかり言うの？　信じられない！　それにその杖《つえ》、なんで耀が返しに来るのよ。あたしがせっかく盗んで捨てたのに！」

「その杖」と彼女は言った。どうやら日根野谷は今、白杖を持っているらしい。

「これ盗んだのもおまえかよ……」

どうして日根野谷が盗まれた白杖を持っているのだろう。

素朴な疑問を抱きつつ、自分の二の腕をがっちりつかんでいる日根野谷がまた怒鳴りそうな気配を感じて、二ノ瀬は触れられている手に右手を添えて、そっと隣を見上げた。

「日根野谷さん、近所迷惑です」

「あ…………、ごめん」

二人がさっきから夜中の住宅街ではありえない大声を発し続けているので、二ノ瀬はその勢いに押されて冷静さを取り戻した。今までは興奮し過ぎて周囲が見えていなかったのだろう、素直に謝罪した日根野谷に、すこし迷って「上がっていきませんか」と提案する。

「ここで立ち話もなんですし。彼女も、よければご一緒に」

このまま寒い外で言い争いを続けても、なにもいい結果を生み出さない気がした。

カッターナイフで脅されたばかりで彼女を家に招くのは少々怖いけれど、日根野谷がいてくれたら大丈夫だという安心感のほうが強い。

「は？　先生、なに言ってんの」

日根野谷は反対するが、彼女からは返事がない。

「最近、心身共に乱れきった生活をしていたため、人を招待できるような部屋の状態ではないのですが、ここよりはきっとましだと思うので、もしよければ、暖かいところですこしお話をしませんか」

今度は百合の香りの彼女のいるほうに向かって話しかけた。日根野谷に対しては自分のことを侮辱していたが、直接言葉をかけても返事はない。

扉を開け、緊張しつつも「どうぞ」と中へ促してしばらく待ってみると、彼女は遠慮がちに家内へと足を踏み入れた。

生米とたっぷりの水を土鍋に入れて、沸騰させたら火を弱める。あとは吹きこぼれないように蓋をずらしてとろ火で炊けば、白がゆになる。

火加減を調節してからキッチンタイマーをセットすると、二ノ瀬は来客二人の待つリビングへ戻った。先ほど自分が淹れたジャスミン茶の香りが、空調以外に音のしないリビングに漂っている。二人はちゃんと飲んでくれただろうか。

事の顛末《てんまつ》は、米を洗ってざるで水切りしているあいだに、日根野谷からあらかた聞いた。

日根野谷は二ノ瀬と出会う半年以上前から、彼女との別れ話をこじらせていたという。

別れたい日根野谷と、別れたくない彼女。話し合いたい日根野谷と、ただ会いたいという彼女。

彼女はいつしか、自分と会おうとしない多忙な日根野谷を追いかけるようになり、ストーカー化した。きちんと会って別れ話を切り出すと自殺をほのめかされ、突き離せず、そんなことを繰り返しながら、ほとんど付き合っているとは言えない関係を半年も続けた結果、二人は共に疲弊していった。

よくよく思い返してみると、日根野谷は初来院時の問診ではプライベートで面倒なことがあると言っていたし、公園で恋愛話になった時もあまりいい話がないと言葉を濁していた。詮索してはいけないと思ったのでそれらの話題には触れなかったが、今思うとそれは彼女のことだったのだろう。そして一平にモテ過ぎると大変なこともあると言われて困っていたのも、二ノ瀬は気づかれてしまった自分の恋愛感情のことだと勘違いしていたが、あれもストーカーと化した彼女のことを言っていたのだと今ならわかる。

年末年始の休みのあいだに、日根野谷は彼女と時間をかけて話し合い、別れを受け入れてもらえたと思いこんでいたようだ。表面上、彼女はそのような態度を取っていたのだろう。けれど実際は受け入れられず、日根野谷へのストーカー行為をしている途中で二ノ瀬の存在にたどり着いたのかもしれない。

彼女が二ノ瀬にぶつかり押し倒したり、白杖を盗んだり、家に押しかけたりしていたことを、日根野谷は知らなかった。話していくうちにその事実を知ると、日根野谷がまた憤りかけたので、「落ち着いて」と宥《なだ》めて、もうひとつ不思議に思っていることを尋ねた。

「先ほど返していただいた白杖は、どうして日根野谷さんが持っていたのですか」

「ああ、千景ママから預かったんだよ」

「千景ママ、ですか」

今度は、どうして千景ママが盗まれた白杖を持っていたのだろうという疑問が生じる。

「喫茶マアブルの近くのごみ箱の中から見つかったらしい。マアブルの常連さんがごみ袋を交換する時に発見して、今日の夕方、慌てて千景ママのところに報告に来たんだってさ。千景ママがマアブルの閉店後に自分が届けるって預かってたんだけど、店を閉めた時にはそのことすっかり忘れてて。白杖がないと二ノ瀬さんは不安だろうって夜になって届けようと外に出たところで、先生んとこに向かう俺が通りかかって、代わりに届けることになったってわけ」

日根野谷は会いたいというメールに二ノ瀬から返信がなくても、今日は押しかける予定だったのだと言った。夜遅くになったのは、週明けの会議用の資料が気になって、休日なのに会社に立ち寄っていたかららしい。相変わらず仕事に熱心過ぎて心配になる。

「そうだったんですね。あの、届けてくださってありがとうございます」

よく考えると、一週間も白杖がない生活をしていた。外出しなかったのだから問題はないのだけれど、まず外出しない状態が問題だし、やはり自分の目の代わりをしてくれる白杖が使わなくても手元にないことで、不安を大きくしていたのかもしれない。

日根野谷と話しているあいだ、彼女はひとことも話さなかった。息づかいも聞こえず、ただソファに座っていることは気配でわかった。

「あの……」

二ノ瀬は緊張を押し殺して、彼女と向き合う決意をした。

「先日、ご予約のお電話をくださったでしょうか。もしあなたでしたら、途中で切ってしまって申し訳ありませんでした」

彼女の座るほうへ床に正座をした姿勢で体を向け、頭を下げた。ゆっくり上体を戻して見上げると、やはり返事はないものの、ヒステリックに叫んでいた玄関口での様子とは違い、戸惑っているような困っているような空気をなんとなく感じた。

危険な刃物を持って押しかけた自分が、家に招かれてお茶など出されるとは思っていなかったのかもしれない。

二ノ瀬は今回の件を、ここできちんと解決しておきたかった。

二人の別れ話に部外者の自分が口を挟むのは間違っているのかもしれないが、なにより自分のせいで危険な目に遭った二ノ瀬を心配している日根野谷を安心させたかったたし、同じ日根野谷を好きになった彼女とは、話をしたらわかり合えることがあるのではないかと思った。

すこし落ち着いた彼女を前に、静かに尋ねた。

「今日、こちらに来られた理由を窺ってもよろしいですか」

しばらく待ったが、返事はない。

「わたしに、なにかしてほしいことはありますか」

さらに間をおいてから質問の形を変えると、彼女はまた、「耀を返してほしい」と言った。

「わたしが日根野谷さんのことをあきらめたら、あなたは幸せになりますか」

聞きようによっては、実に意地の悪い質問だった。けれどそこに妙な優しさをにじませたりはせず、淡々と問うた。

三人の空間に、しばらく沈黙が落ちる。離れたキッチンから、土鍋の中で米がおどるぐつぐつという音が微かに聞こえてくる。

日根野谷を返してほしいと言った彼女に、二ノ瀬も自分の気持ちを打ち明けることにした。

「わたしは日根野谷さんのことが好きです」

静かに真摯《しんし》に継いだ言葉に、彼女からは、「そう」とひとことだけ返ってきた。先ほど外で叫んでいた声よりずっと心もとなく、幼い声だった。

彼女は、日根野谷の気持ちが自分にないことをわかっている。

わかっていてなお、あきらめられないのだ。その彼女の気持ちを、二ノ瀬は自分がいちばん理解できる気がした。

すこし迷ってから、彼女に向けて頭の中の言葉をゆっくり声に変えていった。

「わたしは目が見えなくなると宣告された時、覚悟を決めました。この先、必ず見えなくなる近い未来が待っていることを受け入れました。視力が落ちていくことが怖くて、心が病みそうになったこともありましたが、泣いてあがいて現実から逃げても、避けられない未来は同じようにやって来るとわかっていました。生きていく流れの中で、自分の力ではどうしても変えられない出来事に出くわした時、どのような行動を取るかはその人次第です。わたしも今回はずいぶん自分の気持ちに抵抗したけれど、結局抗《あらが》えなかった。恋愛なんて生涯するつもりはなかったのに、同じ男の日根野谷さんのことを、とても好きになりました」

隣で日根野谷が、吸った息をゆっくり吐き出す音が聞こえる。向かいの彼女の反応はない。ただ、聞いてくれていることはわかった。

「わたしも日根野谷さんへの恋心を自覚した時、なんとか気持ちを消して友達であろうと努力しました。でも、頭でどんなに考えて心を動かそうとしても、動きませんでした。うまく受け入れられることもあれば、受け入れられないこともあるんだな、ってこの歳になって気づきました。だからわたしはあなたにアドバイスなどできる立場ではありません。ただ、あなたの気持ちをいちばんよくわかるのは、わたしだと思います」

二ノ瀬が話している途中から、彼女は泣き出していた。見えないからといってその場に居続けることは無礼な気がして、ちょうどキッチンタイマーが鳴ってくれたことに助けられ、立ち上がった。

「お腹、空いていませんか？　わたしが空腹なので、夜食に付き合ってくださると嬉しいです。生米から炊いた塩だけの味付けのおかゆですが、たくさん作ってしまったので一緒に食べていただけるとありがたいです」

キッチンで茶碗とれんげを用意して、火を止め、塩を振った土鍋を運ぶ。三人でたっぷり出来上がった七分がゆを囲んだ。

白米の独特の温かさをまとった香りが、食欲を刺激する。椀によそったものを手渡す時、微かに触れた彼女の指先はやわらかく、けれど冷えていた。ほんの一瞬の接触だったけれど、彼女の抱える悲しみが皮膚を通じて伝わってきた気がして、なんだか泣きたくなった。

今はたくさん食べて、すこしでもあたたまってほしいと思った。自分にできることはそれくらいしかない。

「せっかくだし、いただこうよ」

日根野谷が促して食べはじめると、彼女から小さく「いただきます」と聞こえた。食べる音もなく、感想も聞けなかったけれど、一緒に食卓を囲み、同じものを食べたことで、二ノ瀬はどこかで彼女とつながれたような気がしていた。

三人でものの数分で鍋を空にし、腹がふくれると、ふいに睡魔が襲ってきた。ここ数日の睡眠不足と空腹が満たされたことが重なって、眠りたいという欲求が体から強烈に発せられる。自分の気持ちと正直に向き合い、それを人に伝えてしまったことで二ノ瀬はほっとしていた。来客中なのに、片付けもしないで、という思いが頭の片隅にあるけれど、眠気には勝てなかった。

「すみません……、なんだかまぶたが重くて……」

かすれた声で伝え、ソファに沈みこんで目を瞑っていると、彼女の声がした。

「見えないのに、なんでもひとりでできるんだね」

自分に言われている気がしたから答えようと思うけれど、口は縫われてしまったみたいにひらかない。

「甘えてくれなくて困ってる」

どうやら日根野谷が代わりに答えてくれたようだ。

スコン、と落とし穴にはまったみたいに突然、深い眠りの底に落ちた。その直前に聞こえた「お幸せに」という落ち着いた彼女の声が、二ノ瀬を夢の中へいざなったのかもしれない。

目覚めると、朝だった。薄いカーテンからもれる陽光の明るさで朝だとわかる。今日は晴れだ。

自分の体がベッドの上にあることに違和感を覚えて、飛び起きた。そうだ。昨日おかゆを食べたあと、片付けもせずソファで眠ってしまったのだった。

その自分が今、寝室にいるということは。

「日根野谷さん？」

寝室を出てリビングで呼びかけてみる。

「おはよ、先生」

ソファのあたりからくぐもった声が聞こえてきたことで、二ノ瀬はすっかり覚醒し、うろたえた。

「あの、彼女は」

「昨日のうちに帰ったよ。怖い思いさせてすみませんでしたって、先生に伝言預かってる」

「そうでしたか。こちらこそ、なんのおかまいもせず……」

「おかゆ作っといてなに言ってんの、先生。十分過ぎるもてなしだろ」

くすくす笑う日根野谷の声のするほうを戸惑い気味に見つめる。好きな人の恋人だった女性の前で、自分の人生観などを語るだけ語って眠りこけてしまった上、勢いに任せて秘めた思いも口にしてしまったのだ。それを聞いて日根野谷はどう思ったのか。

「日根野谷さん、わたしを寝室に運んでくださいましたか？」

「うん、軽かったよ」

「そんなことを聞いているのではなく……。わたしは今、なぜかパジャマを着ているんですが」

「ベッドに置いてあったから着替えさせた。先生、相当疲れてたんだな。全然起きないからさ。それにしてもめっちゃ似合うね。パジャマに裸足って萌えるんだなぁ。クマのぬいぐるみとか持たせたい。先生の誕生日いつ？　プレゼントしてもいい？」

「要りません」

ピシャリと断ると、なにやら日根野谷が近づいてくる気配がした。なぜか反射的に逃げようとしてしまい、自分の家で逃げる理由などない、と思い直す。

「おかゆ食べてよく眠ったら、覇気が戻ってきたね、先生」

「……おかげさまで」

「先生、昨日は本当に、申し訳ありませんでしたっ」

日根野谷に大声で謝罪され、目の前にふわっと風が来る。深くお辞儀をしているのだろうけれど、あまりに突然のことにまばたきを繰り返すことしかできず、しばらく動けずにいた。

「あの……、私は怒ってませんから。日根野谷さん、顔を上げてください」

「いや、怒ってよ。先生、めちゃくちゃ危ない目に遭ったんだぜ。俺、あの人が先生に危害をくわえてたなんて全然知らなくて……」

日根野谷の声が弱々しく揺れている。二ノ瀬は被害を誰にも相談せずひとりで無理をしたことで、日根野谷に余計な心配をかけてしまったことに気づいた。

「わたしのほうこそごめんなさい。白杖を盗まれた時に、誰かに打ち明けて相談に乗ってもらうべきでした」

こんなことになるなら、という思いで伝えたら、日根野谷は「先生はなにも悪くない」と言う。

「水族館でデートした帰りに、彼女がいるって話をしたら、先生すごい動揺してただろ」

「あれは……」

「いや、当然だと思う。先生がかわいくて衝動的にキスしてしまったあとに、付き合ってる人がいるなんて話聞かされたら誰でもパニックになると思うから、我慢できなかった俺が悪い」

（ああ、あれはやっぱりキスだったんだ……）

舞い上がっていたところに自分の想像と正反対のことが起きて、呼吸すらうまくできなくなってしまったあの日のことを思い出して、二ノ瀬は恥ずかしくなった。

「あのあと、彼女とは今度こそきちんと別れるつもりだってメールで説明しようかとも思ったんだけど、デート後のメールに返信なかったから、読んでもらえるかもわからないと思ってさ」

落ちこんでいた二ノ瀬は、日根野谷からの二通のメールに返信しなかった。なにかひとことでも返していれば、ここまで事はこじれなかったのかもしれない。

「俺、先生と付き合いたくて、でも目の前には別れられない彼女との現実があって、でも先生のこと好きだから、彼女と別れられない現状も、先生への思いも全部知ってもらって、ちゃんと別れてくるから待ってててって言うつもりだったんだ。そんな俺の身勝手な焦りで先生を動揺させて、傷つけて、せっかく仲良くなったってのに、不安な時に相談相手にもなってやれない俺、というか、その不安の原因を作ったのも俺じゃねーか！」

日根野谷が自分に対して怒り出したので、「落ち着いて」と宥めた。

「でも先生を傷つけてしまったからには、俺は本気で彼女と別れようと思った。今までは別れるって言ったら自殺するって言われて引いたりしてたけど、好きな人ができたからもう続ける気はないって、何度も会って説明して納得してもらえたから、昨日、先生に別れたことを報告して、ちゃんと告白するつもりだった」

けれど実際は、納得していなかった彼女が二ノ瀬宅に乗りこんでくる場面に遭遇したというわけだ。

「先生、本当にごめん。ずっと不安な日を過ごしてたんだろ、きっと。もうこれからは絶対に怖い思いをさせないから」

日根野谷の手のひらが、頬に触れた。一瞬の緊張のあと、手のぬくもりがじんわりと伝わってきて大きな安心感に包まれた。「痩せたね」と言う日根野谷の声が悲しそうで、思わず「ごめんなさい」と謝ってしまった。

「あの……」

さっきから気になっていたことがひとつあった。

「日根野谷さんは、一緒に水族館に行った日に、彼女の存在もご自分の気持ちも、全部お話ししてくれるつもりだったのですよね」

「うん」

「ということは、その時にはすでにわたしの気持ちに気づいていたということでしょうか」

「気づいてたよ。先生、俺がさわると顔真っ赤になるし、日に日にかわいさが増してくし、俺のこと好きなんだろうなぁ、って思ってた」

「やっぱり、そうですか……」

「でも先生だって、俺の気持ちに気づいてただろ」

あの日、二ノ瀬はすこしだけ日根野谷から告白されると思っていた。その後、勘違いだったと落ちこむ結果になるのだが、それこそが勘違いだったというわけで。自分が動揺せず話を最後まで聞いていれば、その日のうちに告白してもらえたのか、と思うと、なんだか気が抜けて笑ってしまった。

「というわけで、もうとっくにわかってるだろうけど、俺も先生が好きだから。だから、俺と付き合ってください」

改めてきちんと言葉で告白されると、日根野谷と両思いなのだと実感できて、遠回りしてしまったぶん、ほっとすると同時に感動で目頭が熱くなった。

ずっととらわれ続けてきた過去の失恋が、日根野谷の告白で急速に熱を失っていくのを感じた。ただ忘れるわけではなく、これから先はきっと思い出のひとつになっていくのだろう。いつか風化した失恋の記憶を、愛おしいと思える日が来るのかもしれない。

「わたしも日根野谷さんのことが好きです。なので、わたしで良ければ、ぜひお付き合いしていただきたいのですが……」

「ですが？」

ただひとつ、心に引っかかっていることがある。

「こんなことを聞くのは恥ずかしいんですけど、日根野谷さんはわたしのどこを気に入ってくれたんですか」

恋愛をしないと誓っていた自分にとって、どう抗っても惹かれてしまった日根野谷は唯一無二の相手だと思えるが、人と出会う機会の多い人気者の日根野谷が、男である自分のことを恋愛対象として見てくれた理由がいまいちわからなかった。

理由を問われた日根野谷は、小さく照れたような笑いをこぼして、説明するのは難しいけど、と前置きをして話し出した。

「はじめは先生って顔が整い過ぎてててとっつきにくそうな感じがしたけど、実際話すとよく笑うし、話し方もおっとりしてててかわいいなって思ったんだよ。でも表面的なやわらかさの裏には芯の強さが隠されてて、三段階のギャップにやられた」

「三段階のギャップ、ですか……」

思いもよらない答えに呆然としていると、日根野谷がさらに言葉を継ぐ。

「それだけじゃないって。いつも俺の体のことを俺以上に心配してくれて、愚痴吐き出した時も、その場しのぎのアドバイスじゃなくてさ、誠実に自分のことに置き換えて考えてくれたでしょ。なんか感動した。この人を不安にさせたくないから、ちゃんと眠って飯も食おうって思えた時点では、もう好きだったのかもな」

過去を思い起こしているのか、懐かしそうに語っている日根野谷の声を聞いて、二ノ瀬は自分で尋ねておきながら、恥ずかしさと嬉しさで立ち眩《くら》みがした。

その揺れる体を包むようにふわっと風が来て、直後、日根野谷にきつく抱きしめられた。痛いくらいの接触がくらくらするほど気持ち良くて、日根野谷の腕の中にこのまま居続けると、目覚めたばかりなのにまた夢の中へ舞い戻ってしまいそうになる。

そんなとろけそうになるのをぐっとこらえて、日根野谷の胸を押し、体をすこし遠ざけ尋ねる。

「日根野谷さんは昨夜、ソファで眠ったんですか」

「うん」

「なんのおかまいもせず……」

申し訳ないと思って呟くと、ぷは、と日根野谷が吹き出す。

「また言ってるし。部屋はあったかかったし、ソファは寝心地良かったし、そもそも勝手に泊まったのは俺のほうだし。ほんとは先生の隣で一緒に眠りたかったけど、さすがにそれはいろいろまずいかなって思ってさ」

いろいろまずいことを想像していたら頬が火照ってきたので、自ら遠ざけた日根野谷の胸にまた顔を埋めると、今度はふわりとゆるく抱きしめられた。

「先生が無事で本当に良かった」

触れ合うと、日根野谷が本当に安堵していることがわかる。

「わたしも日根野谷さんが来てくれて良かったです。昨夜は危険な目には遭いましたし、お客を招いておきながらひとりで眠りこけて恥ずかしい思いもしましたが、彼女とちゃんと話ができたことも、結果的に良かったと思います」

「うん。先生には迷惑かけっぱなしだけど、俺もすごく助かった。本当にありがとう」

「彼女に気持ちを伝えられたことも良かったのですが、それがあなたの耳に入ったことも良かったです」

「……昨日の話、俺にも聞かせたかったってこと？」

顔を覗きこもうとする日根野谷の気配を感じて阻止し、首を横に振りながら、かたい胸板にきつく額を押しつけた。

「そうです。わたしが案外重い男だということを、あなたに知らしめる必要がありました」

日根野谷の反応に怯えながら、自分の額をびくとも動かない胸にぎゅうぎゅうくっつけ言った。

「わたしと別れる時が来たら、日根野谷さんは今よりずっと大変な思いをしますよ」

「なんで別れる前提で話すの？　しかも俺が振る設定だろそれ」

「だってわたしはあなたを手放さないですから」

すこしためらってから、すっと体を引いた。

「わたしは頑固なんです。一度決めたことはめったなことでは変えません」

覚悟を決め、日根野谷の目のあたりをじっと見つめた。

そのまましばらく様子を窺っていたが、息をのんだり、気まずい空気が流れたりといった、自分の思ったような反応が日根野谷から伝わってこなかった。

「いいよ、それで」

特に覚悟を決めたような言い方ではなかった。ごく自然に、日根野谷は答えた。

「い、いいんですか」

「うん。まあ先のことはわからないけどさ。どっちかが別れたいって言い出したら、がっつり組み合ってとことんまでもめようぜ」

日根野谷の体が離れたぶんだけまた近づくのが気配で感じられた。

「彼女との別れ方に失敗したせいで俺は先生に軽い男だと思われてるみたいだけど、そうでもないってとこ、この先いろんな方法で証明してくから」

「いろんな方法……」

「うん、俺もたぶん重いよ」

そう言ってくたっと肩にやわらかい重みが乗る。油断していたところで首の根っこに吸いつかれて、

「ひゃ」と変な声がもれた。

「先生、声がエロい」

「エロ…くはありません。くすぐったい、ですから、離れてください」

「ねえ、先生ってさ、ベッドの中でもずっと敬語なの？」

「は……？　そんなこと知りません」

「知らないことないだろ、自分のことなのに。気持ち良くなってきたら、ため口になったりする？」

「知りません、本当に。昔の彼女とはキス以上のことをしませんでしたし、他の誰ともそういう行為をしたことがないですから」

もう恥ずかしい思いはずいぶんしたし、これ以上隠すこともないと過去をさらけ出したら、日根野谷の体がびくっと震えた。

「え、マジ？」

日根野谷の声に色が失われ、心底驚いていることがわかってしまう。

そんな深刻にとらえられると思っていなかったせいで戸惑った。自分には未経験であるという重さもあるのだと自覚し、今さら冗談ではごまかせない事態に、なにを言うべきかもわからず落ちこみかけた時。

「先生、挿《い》れたい？」

「は、はい？」

「だって今までしたことないんなら、一回くらい挿れたくない？」

「え、あ。ああ…………、えええっ？」

思ってもみない方面からの質問が飛んできて、沈みかけた気持ちはぷかっと浮かび上がった。

童貞であるけれど、もう一生セックスをしない人生を送るつもりでいたため、そんなことはすっかりあきらめていた。日根野谷を好きだと自覚したあたりからは、自分は彼を受け入れたいと思っていたので、まさか最近まで女性と付き合っていた、いかにもモテそうな日根野谷から、そんなことを気づかってもらえるだなんて思いもしなかった。

「あはは」

「なんで笑うんだよ」

「いいえ、お気づかいありがとうございます。ちなみに日根野谷さんは、挿入されたいですか」

「俺は挿入したいんだけど、先生がどうしても、って言うなら」

「言うなら？」

「………一年ほど考えさせてくれる？」

「なんですかそれ！」

そんなことを言われたら、挿入したいと申しこんで、一年後の結果を聞きたくなるじゃないか、と含み笑いしつつ、今はとりあえず、本心を言っておくことにした。

「わたしは、日根野谷さんとつながることができるのなら、あなたを受け入れたいです」

笑いをこらえたところで本音をぶつけたら「うん」と言ったきり、日根野谷はそっと手を握り、また肩に頭を預けてきた。

「じゃあさ今から、してもいい？」

「今から、ですか。朝です、けど？」

「うん。朝から」

「朝から……」

そういうものは夜にするものだと思っていたから、遮光カーテンのないこの部屋で、明るい時間帯にする行為を視覚的に想像したら赤くなってしまった。

「先生、だめ？　お願い」

かすれたセクシーな声で懇願され、二ノ瀬はむ、と眉間に皺を寄せた。

「いつもは傲岸不遜《ごうがんふそん》なのに、こんな時ばかりしおらしくなって」

「先生がかわいいから悪いんだぜ」

「違います。あなたが卑怯《ひきょう》だからわたしをこんな気持ちにさせるんです」

「こんな気持ちって？」

「朝なのにしたいなって……、じゃなくて、あれ……？」

言ってしまったあとで、なにかがおかしいと思った。けれどその時にはすでに、体は軽々と日根野谷に持ち上げられていた。

「わっ、わ、下ろしてください」

「嫌だ。両思いなんだから、このままベッド連れてくよ」

まるでアトラクションに乗せられた気分で、わけもわからないままベッドまで運ばれた。

かたいスプリングに体を下ろされた直後、こめかみのあたりにやわらかいものが触れて離れた。三度ほどくっついてから、耳をぱくんと咥《くわ》えられた時に、それが日根野谷の唇だと気づいてぎょっとする。

「ちょ、っと、待って……！　わたしは目が見えないので、この先、なにをするにしてもちゃんと予告してからでないと困ります」

「予告って、映画じゃないいんだから。ふいにするから初々しい反応が見れて楽しいんじゃん。有利な点は最大限活用しないと」

「そんなの、ずるいです……」

くすくす笑う日根野谷の声が徐々に近づいてきて、結局予告なしに、今度は唇にキスされた。

案の定、体はびっくりして震える。それでも驚きに慣れてしまえば、あとは触れている心地良さに身をゆだねることができた。二度目のキスは気が遠くなるほどに長く、前回の曖昧な苦い記憶を甘く上書きしていく。

視覚情報がないと、その他の感覚が補うように敏感になる。唇は、飲食や歯磨きの時以外ほとんどなにかに触れることがないまま永らく生活してきた二ノ瀬にとって、日根野谷とのキスは想像を絶する艶《なま》めかしさだった。

自分の薄っぺらい唇が、日根野谷の厚い唇に挟まれたり、熱い舌にざらりと舐められたりすると、長年うまいこと隠していた性欲がみるみる表面に浮き出してきてしまう。

「ねえ、さっきからずっと、パジャマ脱がしたくてたまんないんだけど」

唇を解放した日根野谷が、自分で着せたくせにおかしなことを言っている。

「このパジャマ、きれいな鎖骨が襟元からちらちら見えてエロいよね。俺以外にこんなやらしい姿、見せないでね」

「誰も見たくないですよ、わたしのパジャマ姿なんて」

「先生わかってないなぁ」

日根野谷は呆れながら、パジャマの薄い布越しに乳首をピンとはじいた。

「あ……っ！」

思わず高い声を上げてしまったが、そのことに気を良くしたのか、日根野谷がパジャマのボタンを上から順にサクサクと外していく。「待って」と器用な手の動きを止めようとするけれど、それすら追いつかないほどの速さだ。

ボタンをすべて外し終えたあと、シャツを左右に大きくひらかれ、それをふたたび閉じようとした両手は、日根野谷に拘束されてしまった。

「ひ、ぁ……、ぁっ」

乳首にぬるりとしたものがぶつかってくる。それが生温かく肉厚な日根野谷の舌だと気がつくよりも早く、快感のほうが先にやってきて変な声が出てしまった。

唾液を塗りこめられていた時はやわらかかった舌がいつしかかたく変形して、今は乳首の先端をつついている。左ばかりを責められたら、触れられない右側が涼しくてさみしい。そんなことを考えているのがばれてしまったのか、今度は寒さで勃起している右側を指でこりこりいじられた。違った種類の快感を両乳首に与えられ、たまらなくなって腰を動かしてしまった。

「先生、気持ちいいだろ。ほら、腰揺れてる」

「ぁ、あ、だって……」

「こっちも一緒にしてあげる」

パジャマのズボンに手がかかったと思うや否《いな》や下着もろとも下にずらされて、あっという間に裸にむかれてしまった。

「もうこんなにしちゃって」

どこのことを言われているのかはわかっている。乳首をいじられただけで、性器はしっかりと反応していた。

「あ、あ、だ、め……」

興奮して先端から蜜があふれ出ているのか、日根野谷のすこしかさついた手のひらに包んでしごかれると、ぬちぬちといやらしい音が室内に響いた。何度も往復し、摩擦は緩急をつけながら徐々に力強く速くなっていく。

「どう？　気持ち良くなってきた？」

「ぁ、んっ、わから、な、いっ……ぅ」

「嘘つき、ここ好きだろ？」

腫れぼったく感じる乳首にまた吸いつかれて、たまらず日根野谷の頭を両手で抱えた。

「だめっ、そんな……っ、ぜんぶ一緒にしたらぁ、ぁんっ」

平たい胸の突起を吸い上げられながら、もう片方の乳首は指でさんざんこねられる。さらに日根野谷は、着実に射精に導く手さばきで性器を責め立てた。三点にバラバラの快楽を与えられると、あっという間に限界がやって来た。

「だめぁっ、い、いく、っ……ぅ、んっ……！」

どんなに理性的であろうとしてもだめだった。

自慰行為の射精の時には、こんな取り乱したり叫んだりしないのに。ビュ、ビュ、と何度かにわけて精液が噴出するあいだにも、腰はビクビクとベッドから浮き上がっては沈んだ。

「先生、めっちゃエロい、好き」

「ひね、のや、さん……」

射精後の余韻もそこそこに、二ノ瀬はけだるい上半身を起こして日根野谷の体の位置を手で確認し、もたれかかるように押し倒した。

「わっ……！　なにすんの、せんせ？」

「したいようにしてくれましたね」

「あ、ごめん。興奮し過ぎて、ちょっと気づかい忘れた、かも。怒ってる？」

ちょっと、だと？

「怒っています」

恋愛や性行為などとは無縁の人生を歩むのだ、と達観していたつもりが、いざ奇跡が起きてこんな日がやって来ると、男のくせに乙女チックな思考で、早急でなくもっとムードを出してほしかったと、くだらないことを思っている自分に嫌気がさす。

「え……、怒ってないじゃん、泣いてんじゃん！」

仰向けに転がした日根野谷の体にまたがりながら、気づくとぼとぼと涙をこぼしていた。

「ごめん、ほんっとごめん。先生、泣き止んでよ、ねえ」

「泣いて、いません……」

「それはさすがに無理あるって……。ごめんね、優しくしてほしかった？」

「そんなことではないです」

涙をぬぐっていた手を取られ、代わりに顔に温かい手のひらが触れる。日根野谷のかたい指の腹が、目のふちをそっと撫でては、涙の粒を顔から退《の》けていく。

「ちゃんと、したいです。もっとゆっくり、あなたを感じさせてほしいんです」

なにもわからないまま、はじめての行為を終えたくない、と訴えると、強烈な視線を感じて、日根野谷からじっと見つめられているのがわかった。

「うん。ちゃんとしよう」

涙が止まるころ、日根野谷にそっと仰向けにされた。

「は、ぁ……っ」

接触によって、脳がそれは舌だと判断するまでの時間は、快楽が大きければ大きいほど遅れていく。

「日根野谷、さんっ、な、に……？」

「フェラチオ。先生、気持ちい？」

「ぁ、ん……っ」

だから先になにをするか言ってと訴えているのに、日根野谷は言うことを聞いてくれない。

ただ、ゆっくり感じさせてほしいという二ノ瀬の希望を叶えようとしてくれているのか、その舌の動きはやけに丁寧で、先ほどかさついた手に包まれて早急に射精させられた性器をいたわるように、ゆっくりじゅくじゅくと口淫《こういん》でとろけさせてくれた。

鈴口から蜜があふれるのをせき止めるように、舌で蓋をして唇で全体を含まれる。こんなふうにされていることは、時間差であとから羞恥心をともなって理解する。

「や、め」

「先生の……、手放しても先っぽからとろとろあふれてくる」

自分の蜜を吸った日根野谷の声が、湿りを帯びて淫靡《いんび》に囁きかけてくる。

「み、見ないで、ください……っ」

太ももの裏を押さえつけられていて脚を閉じることができないので、両手で自身の性器を隠した。

「そういう恥じらいが逆にそそるんだって」

「ぁ、や……だ」

隠した指の隙間から薄い草むらをかきわけて、日根野谷の舌の表面が茎にべったり沿って這《は》い上がってくる。ぞわぞわとする快感が背筋を駆け抜けて、二ノ瀬は腰を奇妙に揺らめかせた。

ふいに、固定されていた脚が解放されると、急に心もとなくなった。すこしすると性器から唇も離れていき、二ノ瀬は自分がよほどはしたない姿を見せてしまったのだと思った。

「あの、日根野谷、さん……？」

「ちょっと待って」

不安になって両手を伸ばすと、まとめてぎゅっと手をつながれて安心する。日根野谷はベッドの上で体勢を変えているようだけど、なにをしているかはわからなかった。

「これ、ちょっと借りていい？」

「これというのは、なんでしょう」

「俺が先生にプレゼントしたやつ」

日根野谷からもらったもの。惚けた頭にまず名刺が浮かぶ。でもそれじゃない。この部屋にあるのは、ベッド脇のテーブルの上に置いてあるハンドクリームだ。いつも寝る前に手のひらに乗せて、日根野谷にしてもらったように体温で溶かして手全体に塗りこんでいた。

「なにに使うの、ですか？」

問いかけた時にはもう、答えがわかってしまった。

「ここに塗るの」

「……ぁ」

日根野谷の一本の指が、陰嚢《いんのう》の裏をツー、とすべって窄《すぼ》まりに触れた。

「いい？」

「あ、あ……、い、い…っ」

可否の不明瞭な返事をするあいだに、たっぷりの油分をまとった日根野谷の指は、二ノ瀬の後穴の中へゆっくり侵入していた。

「そんな、ところ、に……っ、指、が、……」

「痛い？」

「痛く、は、ない、ですけどっ……、は……っ」

全神経が日根野谷の指とつながる後ろに集中して、呼吸もままならない。くちゅくちゅと入り口の内壁を広げるように蠢《うごめ》いていた指が、ぐぐ、と奥へねじ込まれ、呼吸はさらに乱れた。なにかを探るような日根野谷の指の動きを追っていると、時々かすめるところに快楽の種のようなものを見つけて、二ノ瀬は無意識に腰を動かして日根野谷の指を誘導していた。

「先生、このへん、気持ちいい？」

「あ……、は、い……ぁ、気持ちいい、ですっ」

素直に答えると、日根野谷は指を細かく動かしてその一点を集中して責め立てた。

「んんっ、ぁ……、や……っ！」

同時に性器をふたたび口に含まれる。後ろに意識がいっていて忘れていた存在は、しっかり屹立《きつりつ》を保ったまま射精間近までふくらんでいた。

中で蠢く指もいつの間にか増えていて、それが二本なのか三本なのかもうわからない。内部で指をばらばらに動かされながら、茎を肉厚な唇で吸引されると、朝の室内の明るい視界がもわんとピンク色に染まってなにも考えられなくなった。

射精の一歩手前で、ふいにすべての動きが止まった。状況に追いつけない脳が快楽の余韻に浸っているあいだ、目はとろんと空を見つめていた。

耳元で、「ねえ」と日根野谷の低く甘い声がした。

「先生は、今日最後までしたい？」

(最後、まで……？)

日根野谷とつながりたい。

その気持ちはもちろんあるけれど、その前に、自分だってしてもらってばかりでなく尽くしたい。

「あの……、わたしも、日根野谷さんの、口で、したいです……」

プレゼントもデートも性行為も、いつも日根野谷には与えられてばかりだ。たまにはさせてほしいと提案したら、「だめ」とひとことではっきり断られてしまった。

日根野谷は二ノ瀬に口淫をされたくないと言う。

日根野谷はつい最近まで女性と付き合っていたのだ。男性経験はきっとない。自分にだってないけれど、経験自体がないものと、女性と経験があって男性を相手にするのとではきっと勝手が違う。

女性を知っていて、かつ目の見える日根野谷にとって、男である二ノ瀬の口に自身の性器を含まれる姿を直視するのは、視覚的にきついものがあるかもしれない。

口淫を渋るくらいなのだから、初日から挿入となればハードルはさらに上がる。けれど二ノ瀬はふたたび断られる怖さと直面しながら、正直な気持ちを伝えることにした。

「わたしは、もし日根野谷さんが嫌でなければ、最後まで、してほしいです。だけど本当に、日根野谷さんのいいようにしてくだされば、けっこうですので……」

「ああもう！　先生さ、わかってないでしょ、自分の男殺しっぷりが！」

精一杯気を遣ったつもりが、なぜか日根野谷が怒り出すので、困惑しながら小さく首を傾げた。

「そういうとこだよ！　もうくそ、かわいいな。あなたがそんなこと言ったら、俺、瞬殺なんだけど。今、先生のフェラは無理。そんなことされたら、俺のが暴発するから今度にして」

「今度なら、してもいいんですか」

「いいに決まってるだろ！」

怒られながらも次回ならいいと許可を得て、日根野谷が自分の口淫を嫌がったわけではなかったのだと知り、ほっとした。

「とりあえず、福引ははずれたけど、春になったら露天風呂付きの温泉宿で、酒酌み交わして、夜桜見ながら夜通ししっぽりしたい」

「なにを言っているのでしょうか」

今度は話が変わってしまった。

「それで、日根野谷さんは最後までしてくださるのですか？」

結局、答えは聞けていないので再度問いただすと、盛大なため息を吐かれた。

「もう、そんなのするに決まってるっしょ。というか先生、一生、俺以外の誰ともさせねぇからな。覚悟しろよ」

なんだか殺し文句のようなことを言われてしまい、二ノ瀬は頰を染めて「はい」と粛々と答えた。

座位で向かい合い、今しがたまで指が入っていた入り口に熱くかたいものが押し当てられる。

「怖い？」と聞かれ、首を横に振った。日根野谷の興奮がこのあと自分の内部を満たしていくのだと想像したら、恐怖より歓喜で体が震えた。

「ゆっくり、深呼吸して」

言われた通り、深く吸って吐き出す。熱塊をぐっと押し込まれると、圧迫感に一瞬呼吸が止まったが、手で支えられていた腰骨のあたりを優しく撫でられ、体の芯から力が抜けた。ほぐれた内壁を伝って奥へと沈んでいく性器を恍惚《こうこつ》と受け入れながら腕を伸ばし、日根野谷の肩を手探りでつかんだ。

「全部、入ったよ。痛くない？」

「ん……、だいじょう、ぶ……」

目が見えなくなってから、見つめ合う、という行為をずっとしていなかったのだ、と気づく。

体を密着させて正面から向き合うと、見えていない自分の瞳に、目の前にいる日根野谷の姿がぽんやり浮かぶ錯覚を起こした。

「先生の目、きれい。白目と黒目がくっきりしてて、透き通ってる」

「あ、つ、使ってない、ですから、ぅ、ふ…っ」

「照れて茶化すなって」

「ひ、あ……っ」

ひときわ強く奥に打ちつけられ、二ノ瀬は顎を上げて天に向かって喘《あえ》いだ。

「あ、あ、日根野谷、さんっ」

「先生、気持ちいい？」

「気持ち、いいっ、ふ、ぁ……ぅ」

見えているだなんて勘違いをしたのは、体の深いところでつながっているせいかもしれない。

日根野谷の性器の形は、挿れる前に手でさわらせてもらって確認したけれど、自分の体の中に入って実際に体感すると、頭で認識した形やかたさはすっかりどこかに吹っ飛んで、ただただ強烈に気持ちが良かった。

　自分だけでなく日根野谷も、そう思ってくれているだろうか。

「日根野谷さんは……、ちゃんと、気持ち、いい、ですか？」

　見えないから不安になって問うと、ふ、と優しく笑われた。

「めっちゃいいよ。チンコとろけそう」

「ふ、ばかぁ……、ぁ、ふぅ、っ、ぅあ、んっ」

　下から何度か突き上げられて、不安定な上半身がバランスを崩す。咄嗟に日根野谷の手が両脇を支え、親指の腹で両方の乳首をぐにぐにつぶすようにいじってくる。

　下からの突き上げのリズムに合わせて、いつの間にか自然と腰を前後に揺らしていた。

「先生、気持ちいいとこに、自分で動いて当ててんの？」

「あ、ぁ、だって、かたいのが、当たる、の、気持ち、いい、からっ……」

「まじかわいいな、先生。ほら、これどう？　ちゃんと当たってる？」

「あっん、そこ……！　ばっか、り……っ！　だめっ、ん、くぅ…ぅ」

　見つけた場所を、日根野谷は的確に突いてくる。「だめ」と言うといっそう強さを増して。

「ふ、ぅっ……んっ、イく、また、あ、あっあぁー……っ」

「俺も、もう……っ」

　低くかすれた声が日根野谷の限界を告げていた。

「…………っは、ぁ、んっ……！」

中と外で、ほとんど同時にはじけていた。

ドクドクと自分の性器の先端からあふれるものを隠すように、二ノ瀬は背中を丸め、日根野谷の頭を抱えながら吐精した。なんの悪ふざけか、腕の中に抱えた日根野谷が射精後すぐに乳首をペロッと舐めてきて、またひとつ喘がされながら、埋まったままの日根野谷の性器を締めつけた。

「先生、ちょっとゆるめて、抜けない」

「誰の、せい、ですかっ」

「あ、セックスが終わったらいつものモードに戻るのな」

「…………ばか」

真っ赤な顔で怒りつつ、二ノ瀬は腰を浮かせた。ゆっくりと膝立ちになりながら、いつまでも抜けないそれに、こんなに長いものが自分の中に入っていたのかと信じられない思いがする。

「うわ、もう昼前」

時計が視界に入ったらしい日根野谷の言葉に驚いた。

「俺ら三時間ぐらいセックスしてたんじゃね？」

「三時間……」

平均がどれくらいなのかは知らないが、さすがに長い気がする。

「あ、日根野谷さん、お仕事は」

今日は平日だ。二ノ瀬のほうは臨時休業中だが、日根野谷には今日も仕事があるはずだ。

「一日有給取ったから、夜まで一緒にいてよ、先生」

「日根野谷さんは、甘え上手ですね」

「そう？」

「そういえば最初に一平も言ってました。男っぽいけどかわいい一面もあるって。誰にでもそうやって甘えるんですか」

「おっと、先生の全裸でヤキモチとか威力ハンパないだけど」

「答えになってないです」

二ノ瀬は赤くなりながら掛け布団を手繰り寄せ、肩までかぶって日根野谷に背中を向けた。

「先生こそ、田所さんと仲良過ぎ。マアブルの年忘れパーティの時、俺の前で二人で楽しそうに話しやがって。幼稚園からの幼なじみで、上京のタイミングも合わせて、今でも家族ぐるみの付き合いしてんだもんな」

掛け布団ごと後ろから抱きしめられ、耳に吹きこまれる日根野谷の不満混じりの声に、嫉妬されるのはたしかに悪くないな、と二ノ瀬はこっそりにやけた。

「仲はたしかにいいですけど、これからは一平にもあまり頼れなくなるし」

「あ、子供ができたんだよね。そうだ、田所さんは忙しくなるから、先生、これからは俺に頼れよな。ひとりで無理すんなよ」

背後から頬をつんつん指先ではじかれて、二ノ瀬はゆっくり体の向きを変えて、日根野谷と向き合った。

「これからは日根野谷さんに、時々、甘えさせてもらいます、ね？」

振り返る時に掛け布団が変に絡まってはだけてしまっていた。また全裸で、とか言われると恥ずかしいので、脚を閉じて両手でそっと隠していると「ずるい」と言われた。

「先生のほうが絶対甘え上手だから。あとエロい」

そんなよくわからない感想をもらって、ふたたび伸しかかられる。

「ちょ、ちょっと、日根野谷さんっ」

「先生、今からもう一回しよ？　お願い」

先ほどまでの激しい運動で腹も空いていたため、だめと言いたかったけれど、最後は甘いキスにとろかされて、しぶしぶうなずいたのだった。


新年会が行われる。


一月、最後の日曜日。今日は喫茶マアブルにて、いつものメンバーに日根野谷がくわわった五人で、新年会が行われる。

新年会といっても普段のお茶会と変わらない。年が明けてはじめて集まるのでそんな名前がついただけで、かしこまった挨拶などをしたら、あとはいつものように楽しく飲食して別れる。

「鍼灸院、臨時休業してたなんて知らなかったよ」

話題はまず二ノ瀬のことになった。突然の四日間の臨時休業を一平は知らなかったようだが、一部の常連客のあいだでは噂になっていたという。

「先生、体調でも崩されてたの？」

「二ノ瀬くん、お正月からずっと、顔色悪かったもんね」

千景ママと愛子に心配され、二ノ瀬は隣に座る日根野谷の反応を気にしながら、「もう大丈夫です」と答えた。

「ご心配をおかけして申し訳ありませんでした。あと千景ママ、白杖の件でもご迷惑をおかけしました」

「いいのよ。でもあんな大切なもの落とすなんて、先生らしくないわね」

不思議そうに言った千景ママにひやひやしながら、「これからは気をつけます」とだけ返した。

日根野谷の元彼女とのもめ事については、話すと同時に日根野谷と恋愛関係になったことにも触れないといけなくなるので、すでに問題が解決していることもあって、一平にも誰にもとりあえずは話さないでおくことにした。

そのため白杖がごみ箱に捨てられていたことについては、二ノ瀬が外で忘れたのを、誰かが要らないものと勘違いして捨てたのだろう、という苦しい見解を披露することとなった。

「愛子さんも、つわりがなくなったみたいで良かったですね」

「そうなのよ〜。すっかり霧が晴れた感じっていうの？　二度とあのころには戻りたくないわ」

愛子に二度、つわりを軽減させるための鍼治療を施したが、あの時は本当につらそうだった。今はすっかり良くなって、一平が引くほど食べているのだという。

「愛子、今朝もここ来る二時間くらい前に、冷凍のお好み焼きといなりずし五個食べてたんだ。おれが起きた時にはもう食卓のテーブルに座ってて、無心で頬張ってるんだもん。怖いよ」

ちなみに愛子はここマアブルでも先ほど、厚切りトーストをぺろりと平らげたところだった。つわりが明けて、食欲が爆発している状態なのかもしれない。

「それのなにが悪いのよ。一平が昨日、夕食食べてきたって言うから、せっかく買ったのに余らせたいなりずしを私が食べることになったんでしょ」

「まあ、そうなんだけどさ……。でも冷凍のお好み焼きは自分で解凍して食べてたじゃん」

「うるさいなぁ。一平には妊婦の気持ちなんて一ミリもわかんないんだから黙ってて」

夫婦喧嘩《げんか》をみんなで微笑ましく見守っている時に、突然右の頬に触れられて、二ノ瀬はびくっと体を仰《の》け反《ぞ》らせた。

「先生ももっと食って太ったほうがいいよ」

日根野谷の手はすぐに頬から離れていったが、場には沈黙と妙な空気が流れた。

「まあたしかに、唯史は昔から細いし、もうちょっと太ったほうがいいかもね」

微妙な空気に気づかない一平が、沈黙を破ってのん気な感想を述べると、千景ママと愛子から「いやいやそこじゃないでしょ」と含みのある突っこみが入って、居たたまれなくなってしまった。

その後はこれから産まれる一平と愛子の子供の話題で盛り上がり、昼前になると、今年もよろしく、ごひいきに、と声をかけ合って解散になった。

日根野谷が二ノ瀬を送っていくと言った時、一平は「よろしく頼む」と軽く流してくれたが、愛子はなにか思うところがあるのか、「今度じっくり日根野谷くんとの話聞かせてね」と耳打ちしてきた。

どうやら日根野谷と二ノ瀬の関係を怪しんでいるようだった。女性は鋭いな、と感心しつつ、千景ママと一平と愛子には、日根野谷が許してくれたらいつかのタイミングで自分たちの関係を打ち明けられたらいいな、と思った。

「田所さん、今日も先生のこと心配してたな」

日根野谷が無邪気な一平にまた嫉妬しているので、ヤキモチを焼かれる嬉しさや安堵を通りこして、なんだかもうおかしくなってきた。

「まあ一平は、友達ですからね」

さらりとかわしてのんびり家路を歩く。

日根野谷はこのあと、送ってくれるだけじゃなくて、二ノ瀬の家で一緒に食事をする予定だった。食事のあとのことはまだ決めていないけれど、互いに休みだから夜遅くまで一緒にいられる。

そのあいだにたぶん、抱き合って、ぐったりして、日が暮れていくのだろう。

（そうしたら夕食は一度、日根野谷さんに作らせてみようか）

そんな勝手な想像をしながら歩いていると、どこかの家からピアノの練習する音が聴こえてきた。

二ノ瀬も小学生のころに弾いたことがある教則本の練習曲だ。時々音を外しながら、たどたどしい音階が奏でられている。

「何歳ぐらいの子だろう」

「小学校低学年くらいじゃないですかね」

自分もそれくらいの時にこの曲を練習したと伝えると、日根野谷から返事はなかったが、ふわりと優しい雰囲気を感じた。きっと、子供がピアノを前に一生懸命練習している様子を思い浮かべているのだろう。

先ほどマアブルで愛子の妊娠が話題になったことを思い出し、思いきって気になっていることを聞いてみることにした。

「あの……、日根野谷さんは、子供は欲しくないですか」

軽い感じで聞くつもりが、緊張のせいで声が変に上ずってしまった。

日根野谷が、子供は絶対欲しいと言ったらどうすればいいのだろう。そもそも自分とは一時の付き合いで、将来結婚する相手は女性だと日根野谷が考えているとしたら。

自分ひとりの世界で暗い想像に耽っていたら、右隣からこめかみのあたりを指で突かれた。

「いたっ」

「子供なんて欲しくないって言ったら嘘になるけど、子供が欲しいから先生と別れるってことは絶対にないからな」

ないとはっきり言われて、ほっとした。

「先生は？　子供欲しくない？」

「わたしは……」

まさか聞き返されるとは思わず口ごもっていると、「子供は好きだよね」と尋ねられた。

「はい、もちろん好きです」

「でも子供が好きだからって、俺と別れて女性と結婚することは考えないだろ？」

「考えません」

「じゃあ先生も俺と一緒。好きな人を軸に、物事って考えるもんなんだって。子供が欲しいから好きな人をあきらめて、ただ産めるからって理由で女性と結婚する男なんて不誠実じゃない？　俺は、この先もずっと先生と一緒に歩んでいく人生のことを考えてるよ」

日根野谷の言葉が胸にじんわり沁みこんで、泣きそうになった。

正月に実家で母親に言われたことを思い出す。

いいパートナーに出会えたら、あきらめずに向き合ってみなさい。

日根野谷とこれから向き合って生きていけたら、きっと、ずっと、幸せだ。

「先生、今度一緒に楽器屋行こうぜ」

「急にどうしたんですか」

幸福を噛みしめながら歩いていたら、突然話が変わったので何事かと思う。

「先生がピアノ弾いてるところ見たいから」

「またその話ですか」

実家に戻った時は、日根野谷に失恋したと思いこんでいたため、ピアノには触れずに帰ってきてしまった。来年の正月に帰省した時に、もらえるかどうか両親に相談してみようか。

まあ今はとりあえず。

「楽器屋さん、いつ行きますか？」

「お、乗り気になってくれた？」

「だって日根野谷さんがピアノを買ってくれるって言うものですから」

「言ってねーし！」

日根野谷とくだらない言い合いをしながら、また恋愛ができて良かったと心の底から思えた。目が見えないことであきらめてしまった人生の大切な一部を、日根野谷が修復してくれた。

この先も、日根野谷と一緒に歩いていきたい。

二ノ瀬は通い慣れた道を一歩一歩踏みしめながら、見えない幸福な未来に思いを馳せた。

あとがき

はじめまして、宗川倫子《そうかわりんこ》です。

このたびは『触れて、感じて、恋になる』を手に取ってくださり、ありがとうございます。

恋をしないと誓って生きてきた目の見えない主人公が、ある青年と出会い、二人の関係が友情になり、そして恋愛になっていくお話を書きました。

私のデビュー作となりました今作を、みなさまにすこしでも楽しんでいただけましたら幸いです。

見えない人の世界を描くのは、思いのほか大変でした。

見える自分の感覚と同じように二ノ瀬《にのせ》を動かしてしまってはいけないので、もともと足りていない想像力を精一杯使いました。

それで体に変に力が入っていたせいか、執筆中は腰痛がひどくなってしまったため、これはちょうどいいかもしれないと思い、鍼灸院に通ってみました。鍼を打ってもらった日は、昼間につよい眠気に襲われましたが、腰痛は数回の通院でぴたっと治まりました。すごい先生でした。

イラストの小椋《おぐら》ムク先生、日根野谷《ひねのや》と二ノ瀬をかっこよく麗しく描いてくださったこと、とても嬉しかったです。表紙のやわらかい表情をした二人を見ていると、この関係がずっと続いていく未来が想像できて幸せな気持ちになります。素敵なイラストをありがとうございました。

担当のMさま、わからないことだらけの初心者の私を正しい場所へ導いてくださり、本当に感謝しています。不安な時は、明るく力強いMさんの言葉が私にとっての光でした。丁寧なご指導をありがとうございました。

最後に、書籍化に関わってくださった方々、SNS等で応援してくださった方、仲間たち、そして本作を読んでくださったみなさまに、心より御礼申し上げます。

ご感想やご意見など、ひとことでもいただけましたらありがたいです。

では、またどこかでお目にかかれますよう、精進してまいります。

二〇一八年八月　宗川倫子

主要参考文献
『目の見えない人は世界をどう見ているのか』伊藤亜紗著（光文社）

この本を読んでのご意見・ご感想をお寄せ下さい。

〒151-0051
東京都渋谷区千駄ヶ谷4-9-7
(株)幻冬舎コミックス　リンクス編集部
「宗《そう》川《かわ》倫《りん》子《こ》先生」係／「小《お》椋《ぐら》ムク先生」係

リンクス ロマンス

触れて、感じて、恋になる

2018年8月31日　第1刷発行

著者……………宗《そう》川《かわ》倫《りん》子《こ》
発行人…………石原正康
発行元…………株式会社　幻冬舎コミックス
〒151-0051　東京都渋谷区千駄ヶ谷4-9-7
TEL 03-5411-6431（編集）
発売元…………株式会社　幻冬舎
〒151-0051　東京都渋谷区千駄ヶ谷4-9-7
TEL 03-5411-6222（営業）
振替00120-8-767643
印刷・製本所…株式会社　光邦
検印廃止

ISBN978-4-344-84295-3 C0293
Printed in Japan

幻冬舎コミックスホームページ　http://www.gentosha-comics.net

本作品はフィクションです。実在の人物・団体・事件などには関係ありません。